ÉTUDES

HISTORIQUES ET LITTÉRAIRES

SUR

J. SAVARON,

PAR M. H. CONCHON,

CONSEILLER EN LA COUR DE RIOM.

Ouvrage lu à l'Académie des Sciences, Belles-Lettres et Arts de Clermont-Ferrand.

CLERMONT,

IMPRIMERIE DE THIBAUD-LANDRIOT FRÈRES,

Libraires, rue Saint-Genès, 10.

—

1846.

PRÉFACE.

Avant de présenter à l'Académie de Clermont un travail, à coup sûr, bien incomplet
sur Savaron, quoiqu'il soit de nature à ef-
frayer par sa longueur, je lui dois compte
des circonstances qui me l'ont inspiré.

Lorsque l'Académie me chargea de lui
faire un rapport sur l'*Essai de M. Henri Do-*
niol (1), je m'applaudis de cette mission,
qui, en me permettant de payer mon tribut
à l'un des plus glorieux rejetons de l'Auvergne, me fournissait l'occasion d'exprimer ma pensée sur un jeune écrivain dont
je connaissais les habitudes laborieuses, et
qui semble vouloir se consacrer à l'étude
des faits et des hommes de notre province.
Mais pour juger M. Doniol, ce n'était point
assez que de le lire, il fallait aussi étudier
Savaron dans ses écrits comme dans les
actes de sa vie de magistrat et de repré-

---

(1) *Essai sur Savaron*, par M. H. Doniol.

sen}ant de Clermont aux Etats généraux de
1614 ; car, je le confesse en toute humilité,
mes connaissances sur Savaron se réduisaient alors à la lecture assez superficielle
de ses *Origines*, et à ce que la tradition m'a-
vait appris du rôle qu'il avait joué dans
cette assemblée, la dernière de l'ancienne
monarchie française. Il y aurait eu certainement peu de loyauté de ma part à prononcer avec de telles données un jugement
sur l'Essai de M. Doniol. Je me crus donc
consciencieusement obligé d'examiner les
pièces du dossier. Toutefois, en faisant cet
examen, j'avais le projet de me restreindre
à ce qui était nécessaire pour libeller une
opinion, comme l'on dit au palais. Mais il
arriva qu'en cherchant à juger l'avocat, je
pris goût au client, et qu'à mon tour je vou-
lus le faire comparaître à ma barre. C'était
évidemment m'écarter de mon mandat. Il
me parut alors que l'ouvrage de M. Doniol,
écrit avec une vigueur de pensée et un talent
de style assurément fort remarquables, était
une habile synthèse sur Savaron, bien suffisante pour le faire apprécier par les per-

sonnes qui le connaissaient déjà, mais in-
suffisante peut-être pour le faire lire par
celles qui, comme moi, s'en étaient tenues,
sur le mérite de cet écrivain, au sentiment
de ce petit nombre de lecteurs que ne rebu-
tent ni les formes surannées du langage, ni
l'austère gravité des sujets.

Pénétré de cette idée, je me mis à faire
l'analyse de quelques-uns des traités de
notre auteur : j'y ajoutai celle des principaux travaux des Etats de 1614, dont je
trouvai les éléments dans une relation fort
curieuse émanée d'un membre de cette assemblée, et que M. Gonod eut l'obligeance
de me communiquer (1). C'est cette double analyse, accompagnée de quelques réflexions sur l'esprit du xvie siècle, que je
viens offrir à l'Académie, sous le titre
d'*Etudes historiques et littéraires sur Savaron*.

Je serais, à coup sûr, bien mal compris, si
l'on pouvait voir dans cet écrit la critique de

---

(1) Etats généraux de 1614, par Florimond Rapine, député du
tiers-état, pour le bailliage de Saint-Pierre-le-Moustier.

celui de M. Doniol. J'ai essayé, à la vérité, le même sujet que M. Doniol, mais je me suis attaché à le traiter sous un autre point de vue : voilà tout. Dans quelques-unes de mes appréciations, il m'est arrivé parfois de me trouver en dissidence avec l'auteur de l'*Essai*; mais cette dissidence, qui porte moins sur l'écrivain que sur l'homme politique, s'explique, selon moi, par une préoccupation qui, je crois, a dominé M. Doniol lorsqu'il a jugé le député. Le panégyriste de Savaron me semble, en effet, avoir un peu trop fait servir son héros à l'exposition et au développement d'une thèse qui historiquement me paraît contestable. Savaron prit sans doute une part importante dans les discussions de l'assemblée des Etats. Mais est-il vrai que ce grand cataclysme social qui éclata en 1789, existât en germe dans cette réunion des trois ordres, où figurait, d'un côté, le cardinal Duperron; de l'autre, l'homme qui devait un jour s'appeler Richelieu; de l'autre enfin, notre modeste compatriote Savaron? Est-il vrai surtout que le principe qui le préparait fermentât dans le cœur de ce magistrat? J'avoue que j'ai peine à le croire, si j'apprécie l'assemblée par ses actes, et le député par ses écrits et par ses discours. Les Etats de 1614 firent naître des querelles, provoquèrent des conflits, amenèrent des irritations, mais ne proclamèrent aucun principe : la noblesse s'y montra orgueilleuse et avide ; le clergé y professa la célèbre doctrine que l'Eglise pouvait déposer les rois et mettre les royaumes en interdit, et le tiers-état qui s'était posé comme le défenseur des droits et des intérêts de la royauté, eut la douleur de voir sa voix méconnue et son intervention repoussée par la royauté elle-même. Tel fut le spectacle que présentèrent les Etats de 1614. Y a-t-il là quelque chose qui pût faire présager ce grand congrès national de la fin du xviiie siècle? C'est principalement sur ce point que je me trouve en dissentiment avec l'auteur de l'*Essai sur Savaron*. J'espère que M. Doniol voudra bien me le pardonner. Nous vivons dans un temps de controverses et de libre discussion, et peut-être à aucune autre époque n'a-t-on eu plus qu'aujourd'hui besoin de se faire mutuellement l'application de ce vers du poëte :

... Hanc veniam damus petimusque vicissim.

L'on peut, au surplus, ne point partager toutes les opinions historiques ou littéraires de M. Doniol ; mais il y aurait certainement injustice à lui refuser une intelligence parfaite des faits qu'il expose, un remarquable talent de déduction , et un style tout à la fois concis, nerveux et élégant. Ces qualités, en me faisant vivement regretter que déjà les portes de notre Académie n'aient été ouvertes à M. Doniol , me donnent l'assurance qu'une manifestation unanime ne tardera pas à l'appeler au milieu de nous (1).

(1) Depuis que j'ai lu ces lignes à l'Académie de Clermont, M. Doniol s'est acquis de nouveaux droits à cette distinction par la publication de son excellent travail sur notre courageux et infortuné compatriote Anne du Bourg, et de ses Etudes sur le chemin de fer du Centre.

ÉTUDES

HISTORIQUES ET LITTÉRAIRES

SUR J. SAVARON.

Sɪ l'on étudie le seizième siècle au point de vue purement littéraire, il faut reconnaître que chez nous
surtout il fut une époque d'imitation, d'érudition et
de controverses. Chose bisarre! féodale encore par
ses mœurs, sinon par ses institutions, la France d'a-
lors voulut se faire républicaine par sa littérature et
son langage. Nos poëtes renièrent leurs dieux pour
adopter ceux de Virgile et d'Homère; nos historiens
répudièrent la naïve manière des chroniqueurs du
moyen-âge, pour revêtir les formes pompeuses des
écrivains de la Grèce et de Rome : singulière destinée
que celle de ces deux grands peuples qui, des profon-
deurs de leurs catacombes, imposaient encore au
monde leurs lois, leur grammaire, leur littérature
et jusqu'à leur mythologie!

Cette imitation de l'antiquité payenne eut, comme
toutes choses, son mauvais et son bon côté; car si,
d'une part, elle dénationalisait l'idiome si expressif
de nos pères, en le surchargeant de cette magnifique
phraséologie empruntée aux vocabulaires de Rome et

d'Athènes, de l'autre, elle l'enrichissait de tours heureux, d'expressions harmonieuses, en même temps qu'elle jetait dans les esprits ces types d'immortelle beauté qui, plus tard, devaient porter si haut les lettres, et par conséquent la civilisation de notre pays.

Il se fit alors des travaux incroyables de recherches et d'érudition. Malheureusement la critique philosophique ne venait point encore en aide à la science, et pourtant l'esprit de controverse ne fut, dans aucun temps, poussé plus loin. Ceux qui ont étudié les livres de cette époque mémorable, savent ce qu'il en coûtait pour élucider un passage de Xénophon ou de Juvénal. Restituer un texte oublié depuis deux mille ans, était la grande affaire du jour. L'agencement d'une phrase, le placement d'une virgule, le déplacement d'une parenthèse, excitaient autant d'intérêt, remuaient autant de passions que l'on en met aujourd'hui dans la discussion des plus hautes questions de droit public, d'économie politique ou de législation. Les Vadius et les Trissotins, si plaisamment mis en scène par Molière, datent surtout du seizième siècle.

Cette ardeur de controverse s'alimenta par l'un des plus grands faits de l'histoire du monde. Certainement les querelles religieuses sont d'une date bien antérieure à la réforme. Longtemps avant Luther l'autorité des conciles et l'infaillibilité de l'Eglise avaient été mises en question. Les écrits de Jean Hus et de Jérôme de Prague avaient survécu aux flammes du bûcher de Constance ; mais le sort de ces deux écrivains était de nature à décourager ceux qui pouvaient être tentés de dogmatiser avec les conciles. Luther entreprit cette tâche périlleuse, et plus heureux ou plus habile, il eut l'avantage de dogmatiser et de n'être pas brûlé. Toutefois, les disputes théologiques réveillées par sa parole, imprimèrent aux intelligences un mouvement qui commença par une lutte de textes et de commentaires, et qui devait finir par des combats d'une autre espèce. En se posant comme l'antagoniste d'un pouvoir qui ne connaissait point de rival, le hardi réformateur avait tout à prouver ; car comment croire sur son affirmation qu'un simple moine pût avoir raison contre le pape. Luther qui avait engagé le débat, le soutint avec énergie. Dès ce moment, la Bible, les Pères de l'Eglise, les saints conciles devinrent plus que jamais l'objet de sérieuses études, le sujet d'ardentes dissertations. L'on discuta, l'on commenta les textes des livres sacrés, comme l'on discutait et commentait ceux des livres profanes ; et, chose étonnante! ces études étaient tellement amalgamées et confondues, qu'elles se servaient mutuellement d'auxiliaires dans des disputes théologiques ou littéraires. Ainsi il est arrivé souvent à saint Augustin d'expliquer un passage obscur de Sophocle ou d'Euripide, et à Cicéron de plaider pour la Vulgate.

De savants écrivains, de grands personnages se jetèrent dans cette mêlée d'érudition. Erasme, l'un des hommes les plus spirituels, l'un des esprits les plus déliés de son temps, soutint de sa plume si élégante et si incisive, l'autorité du pape ébranlée par la logique du moine révolutionnaire. Henri VIII lui-même qui, quelques années plus tard, devait donner au monde le scandaleux spectacle de la plus scandaleuse abjuration, Henri VIII entra dans la querelle. Il écrivit contre Luther après avoir fait demander au pape la permission de lire les ouvrages de cet hérésiarque. Partisans ou adversaires de la réformation, ceux qui se présentaient dans l'arène, sentaient le besoin d'y descendre armés de toutes pièces. Aussi quel luxe de science sur des questions qu'aujourd'hui nous comprenons à peine. En excitant l'esprit de controverse, il est évident que la réforme devait porter l'homme aux recherches et diriger ses facultés vers l'érudition. Tel fut l'un des résultats du schisme de Luther, et peut-être même n'est-ce pas celui dont la société a eu le moins à s'applaudir.

J'ai cru devoir faire précéder de ces considérations sur l'esprit et les tendances du seizième siècle, ce que j'ai à dire de notre compatriote Jean Savaron. Elles serviront, je pense, à faire ressortir le caractère de ses œuvres, et à le montrer tel que je le comprends. Il y a des figures qui s'impriment sur leur siècle; il y en a d'autres sur qui leur siècle se déteint. Savaron emprunta tout à l'époque où il vécut; il fut l'homme de son temps, rien de plus, rien de moins. Ses qualités et ses défauts, il les puisa dans l'atmosphère au milieu de laquelle il respira. Il fut érudit parce que les intelligences étaient portées vers l'érudition; il fut enclin à la controverse parce que la controverse était née des investigations littéraires et des querelles religieuses; il fut le défenseur ardent des droits de ce qu'on appelait alors le tiers-état, parce que le tiers-état commençait à être compté pour quelque chose dans la nation. Lisez ses productions, vous y trouverez à chaque pas ce culte de l'antiquité payenne professé jusqu'à l'idôlatrie, en même temps que vous y rencontrerez ce respect religieux pour l'autorité des saints Pères et la parole de l'Eglise, de quelque forme qu'elle se revête. Tout indépendant qu'était Savaron par la trempe de son caractère, il subit coustamment le joug de ses études, et l'influence de ce qui l'entourait. Tout porté à la discussion qu'il était par la nature de son esprit, il ne discuta jamais contre Platon, Aristote ou saint Chrysostôme; et comme celles de la plupart de ses contemporains, ses argumentations se traduisent trop souvent par des emprunts faits à une littérature ou à une dialectique ressuscitées des écoles d'Athènes, de Rome ou de Constantinople.

Savaron était né à Clermont en 1567. Charles IX occupait le trône de France et gouvernait sous la tutelle de Catherine de Médicis, cette femme accoutumée, comme on l'a dit, aux orages populaires, aux factions, aux intrigues, aux empoisonnements et

aux coups de poignard (1). Alors la guerre civile était sortie des entrailles des dissertations théologiques ; alors avait eu lieu le massacre des Vaudois, le meurtre judiciaire du conseiller Anne Dubourg, la conspiration d'Amboise, la condamnation du prince Louis de Condé, et bientôt l'arquebuse de Maurevert et la cloche du palais allaient répondre au colloque de Poissy, et à l'éloquent plaidoyer de Théodoze de Beze en faveur des huguenots. Savaron avait six ans environ lorsque Charles IX, des fenêtres du Louvre, envoya son dernier argument à la réforme, et il y a lieu de croire que cet horrible drame de la Saint-Barthélemy qui, par un hasard providentiel, s'était arrêté aux limites de notre province, laissa dans son souvenir des traces profondes ; car bien des années plus tard, lui aussi, comme le grand chancelier, faisait éclater son *Excidat illa dies*, par ces paroles mémorables adressées au roi Louis XIII : « Je ne mets point
» aux mains de Votre Majesté l'*espée française*, à
» même fin que Charles de Caraffa l'a mise en celles
» du roi Henri II, pour faire la guerre à outrance
» aux prétendus réformés..... La France ne peut
» honorer le jour ou la mémoire de saint Laurent que
» quant et quant elle ne lamente la perte de cette
» tant sanglante journée, et de cette pitoyable guerre
» causée par l'envoi de cette espée funeste. »

---

(1) Châteaubriand, Etudes historiques.

La biographie de Savaron se résume en peu de mots. Issu d'une des plus honorables familles de Clermont, sa vocation et le choix de son père le destinaient à la magistrature. Dès ses premières années, il s'y était préparé par de fortes études. La législation romaine, le droit coutumier, la connaissance des capitulaires, des édits et ordonnances de nos rois, celle des matières ecclésiastiques et féodales, la jurisprudence des parlements, l'histoire générale du pays, l'histoire particulière des provinces étaient le programme obligé de quiconque se vouait au barreau ou à l'administration de la justice. Savaron fit constamment de ces études l'objet de ses méditations et de ses travaux, ce qui ne l'empêcha point de se livrer avec ardeur au commerce des lettres anciennes.

Savaron siégea d'abord comme conseiller au présidial de Riom, puis il devint général conseiller à la cour des aides de Montferrand. Quelques années après, il fut pourvu de la charge de président et lieutenant-général en la sénéchaussée de Clermont. Cet office était vénal comme tous ceux de la judicature. Savaron n'était point riche, et l'élévation de la finance attachée à cette haute position, paraissait être pour lui une barrière infranchissable. Le ministre Sully, sur de puissantes recommandations, vint au secours d'un mérite éminent, mais peu favorisé des dons de la fortune. La finance fut réduite de moitié, et Savaron reçut son investiture. Enfin, en 1614, la ville de Clermont lui accorda le plus significatif témoignage de sa considération pour ses talents et son caractère, en le nommant son député aux Etats généraux.

Savaron débuta, comme écrivain, par la publication des œuvres de ce pieux évêque, de ce poëte élégant qui illustra l'Auvergne autant par la ferveur de son zèle apostolique et son inépuisable charité, que par l'étendue de son savoir. Le Virgile du moyen-âge et le précurseur de saint Vincent de Paule, Sidoine-Apollinaire nous fut révélé par Savaron qui édita d'abord son texte, puis l'enrichit de notes précieuses.

Mais il fallait au patriote Clermontois un témoignage plus personnel de son dévouement à la ville qui l'avait vu naître. Après lui avoir montré l'un de ses plus glorieux prélats, il voulut lui faire connaître ses parchemins et lui restituer ses titres de noblesse. La vieille querelle entre Riom et Clermont existait alors plus ardente, plus vivace que jamais. Cette querelle était entretenue par des publications quotidiennes où se formulaient les prétentions des deux villes rivales. On sait que plusieurs arrêts du parlement, de nombreuses lettres patentes, et même un traité solennel ne purent terminer le débat. Savaron voulut le trancher en publiant les *Origines de Clairmont*. Cet ouvrage est, sans contredit, le plaidoyer le plus complet qui ait été écrit sur ce grand procès. Jamais, il faut le dire, plus de recherches historiques, plus d'érudition littéraire n'ont été mis au service

d'une défense. Pour Savaron, enfant de Clermont,
tout devient argument en faveur de Clermont. L'ancienneté de son berceau, la grandeur et la multipli-
cité de ses monuments, l'importance de sa population,
la richesse et la variété de ses paysages, la fécondité
de son sol, l'excellence de ses produits, tout, même
la supériorité de ses vins. Ecoutez, à ce sujet, l'a-
vocat de Clermont.

Il est convié à un dîner au château de Nonette.
Une discussion s'engage sur la qualité des vins :
chaque convive exalte celui de son canton. L'un est
pour le vin de Ris, l'autre pour celui de Corent ;
un habitant de Riom se prononce pour Bourassol ;
Savaron n'hésite pas à donner la préférence aux vins
de Clermont ; et comme en telle matière son patriotisme pourrait le faire suspecter de partialité, les
citations ne manquent point à l'appui de son opinion. Deux saints évêques vont juger le différend, et
ceux-là, dit Savaron, *sont sans reproche, si ce n'est
pourtant qu'ils sont originaires de Clermont.* Le premier est saint Sidoine, le second Grégoire de Tours.
Or, saint Sidoine raconte qu'ayant invité *Ominatius*,
auvergnat, à un repas de famille, il s'excusa de ne
pas lui offrir du vin de Clermont *qu'il fait marcher
de pair avec les meilleurs vins de la terre*, assertion
qui aujourd'hui pourrait sembler un peu hasardée
même à Clermont. Quant à Grégoire de Tours, la
citation est aussi décisive. Cet auteur dit, en effet,

dans son Histoire de Saint-Alyre, que pour reconnaître un service rendu par ce dernier à la fille de l'empereur de Trèves, *Clemens Maximus*, cet empereur lui offrit des monceaux d'or et d'argent, ce que refusa le saint prélat, se contentant, pour toute rémunération, de demander que le tribut en blés et en *vins*, payé par Clermont au souverain de Trèves, fût converti en argent, *pour ce que*, ajoute l'historien de Saint-Alyre, *on les voiturait à grands frais et beaucoup de dépenses pour les provisions de l'empereur;* d'où il suit que sous Clemens Maximus, comme au temps de saint Sidoine, les vins de Clermont allaient de pair avec les premiers vins de la terre; car autrement ils n'auraient pas eu l'honneur de figurer parmi *les provisions* d'un empereur aussi gourmet que Clemens Maximus. De telles autorités qui, de nos jours, ne prouveraient peut-être pas grand'chose, prouvaient tout à une époque où, malgré le schisme, on croyait encore à l'infaillibilité de l'Eglise.

C'était beaucoup, sans doute, que d'avoir montré l'excellence de la ville par l'excellence de ses vignobles et la supériorité de ses vins, mais ce n'était là que l'un des côtés du problème: Savaron le comprit; aussi ne fut-il point embarrassé de rapporter d'autres preuves en faveur de la cliente dont il avait si chaleureusement embrassé la défense.

Les peuples comme les familles ont toujours attaché beaucoup d'importance à l'ancienneté de leur origine. Il semble que quelque chose de fabuleuse grandeur se lie à l'antiquité d'un nom. Ce n'est point assez que d'avoir une illustration personnelle, il faut encore avoir des aïeux et un vieil écusson. Celui de Clermont n'est point de fabrique nouvelle : on le trouve dans le nobiliaire du peuple-roi.

Augusto Nemetum ou cité d'Auguste, tel est le nom que portait jadis la capitale des Arvernes. L'antiquaire Joseph Lascula appelle Sidoine, évêque d'*Augusto Nemetum*. Elle est également désignée sous le nom d'*Auverne*, c'est-à-dire, ville principale d'Auvergne. Pline, parlant de la statue colossale de Mercure, ouvrage du célèbre Zénodore, dit qu'elle existait à *Arvernis*, cité des Gaules. Amian Marcelin cite *Arverni* parmi les principales villes de l'Aquitaine. Quelques auteurs, il est vrai, ont voulu, sous cette appellation, indiquer les habitants de l'Auvergne ; mais Savaron démontre qu'elle ne peut appartenir qu'à la capitale des Arvernes. Il rapporte aussi de précieux documents qui tous concourent à établir qu'*Arverni* ou *Arvernia*, ou *Opidum Arvernorum* n'était autre que Clermont.

Mais quand et comment ce dernier nom a-t-il détrôné celui d'*Arverni* ou d'*Arvernia*, si longtemps porté par cette ville? Savaron ne fournit, à ce sujet, que des conjectures. Il est fait mention, dit-il, dans l'histoire de saint Austremoine du château de Clermont qui fut incendié par Pepin, lorsqu'il vint en

Auvergne pour châtier Gaiffre, duc d'Aquitaine, et qu'il prit d'assaut les châteaux de Bourbon et de Chantelle. C'est à cette époque, ou à peu près, selon notre auteur, que le nom de Clermont a remplacé celui d'*Arverne;* cependant on le retrouve encore dans les temps postérieurs. Ainsi quelques historiens, parlant du concile de Clermont, tenu en 1095, le désignent sous la dénomination de concile d'*Auverne :* Voilà pour l'origine de Clermont et pour les vicissitudes diverses que son nom a subies par la succession des âges (1).

Quant à sa splendeur, elle est attestée par d'irrécusables autorités. L'on sait qu'*Augusto Nemetum* eut son capitole, son amphithéâtre, son temple de Vasso; l'on sait que le célèbre rhéteur Fronton, le maître de Marc-Aurèle, sortit de l'une de ses écoles; l'on sait qu'elle avait un sénat, un lit de justice, et que ses citoyens pouvaient être revêtus des grandes charges de l'Etat. Grégoire de Tours, dans son enthousiasme pour cette cité, va jusqu'à la proclamer *l'égale de Rome.* « C'est une ville, dit Savaron, où l'on ne
» saurait si peu fouiller la terre que l'on n'y trouve
» des *médalles,* urnes, arches sépulcrales, inscrip-
» tions romaines et chrétiennes, thermes, aquéducs,
» marbres d'une merveilleuse rougeur et polissure,

---

(1) Voir à la suite la note A.

» mazures et autres monuments d'antiquité. Elle
» était jadis ornée et enceinte de cinquante-quatre
» églises ou monastères. » Clermont fut aussi une
ville de guerre, *remparée de tours et de murailles.*
Le saint-siége y tint différents conciles : c'est à Clermont qu'a été prêchée la première croisade ; c'est de
Clermont qu'Eymar, évêque du Puy, partit avec une
armée de pèlerins enrôlés sous la sainte bannière.
Clermont a reçu la visite de quelques-uns de nos rois.
Charles VII y vint pour forcer son fils le Dauphin à
rentrer dans le devoir, et pour ramener à obéissance
les villes d'Evaux, Chambon, Ebreuil, Aigueperse,
Charroux, Ecurolles, Riom, Vichy, Cusset, Va-
rennes, etc., etc., qui s'étaient insurgées contre son
autorité. Louis XI, son fils, s'y présenta avec une armée de 24,000 hommes pour assiéger les ducs de
Nemours et de Bourbon, et les comtes d'Armagnac
et d'Albret qui avaient levé l'étendard de la révolte.
Henri III y envoya aussi les ducs de Nemours et de
Guise, pour châtier Issoire, ville ligueuse et protes-
tante.

Clermont ou *Augusto Nemetum* qui, ainsi que
toute la province d'Auvergne, passa sous la domination des Visigoths, puis sous celle des Francs après
la défaite d'Alaric à la bataille de Voüillé, a été pris
et ravagé quatorze fois. Ancienne capitale d'un
royaume, Clermont descendit pourtant un peu de sa
splendeur originaire, car le comté succéda au royaume;

il y eut des comtes de Clermont, comme il y avait des comtes et des dauphins d'Auvergne. Savaron donne la nomenclature de cinquante-huit comtes de Clermont. Il présente aussi la généalogie de quatre-vingt-trois évêques dont un grand nombre figure dans la légende des saints, mais dont un seul, Innocent VI, fut revêtu de la pourpre romaine.

Tel est le résumé du livre de Savaron, ouvrage rempli de curieuses et savantes recherches, écrit avec une certaine vigueur de style, mais souvent avec prolixité, sans méthode et surtout sans critique. Savaron, comme tous les esprits préoccupés d'une thèse, accueille en général trop facilement et sans examen, tous les faits qui peuvent la faire triompher. Chez lui le jugement de l'historien est parfois égaré par le cœur du patriote. Ainsi, sans qu'il soit nécessaire de relever d'autres singularités, ne fallait-il pas une bien aveugle croyance dans les paroles de Grégoire de Tours, pour accepter cette étrange assertion que Clermont avait marché l'*égale de Rome*, cette puissante maîtresse du monde payen, cette glorieuse métropole du monde chrétien. Quoi qu'il en soit, malgré ces défauts qui appartiennent bien plus à l'époque qu'à l'écrivain, l'œuvre de Savaron devait avoir, et eut en effet une grande popularité dans le pays, car en faisant connaître Clermont à l'Auvergne, il restituait à cette cité son importance historique, et lui assurait le rang que, depuis, on ne lui a plus sérieusement contesté. Deux

éditions de ce livre publiées en deux ans, et rapidement épuisées, donnèrent à Savaron une juste célébrité, et durent contribuer à préparer chez ses compatriotes cette éclatante manifestation qui, quelques années plus tard, l'appela comme défenseur des intérêts de Clermont et de l'Auvergne à l'assemblée générale des Etats.

L'auteur des Origines compléta, en quelque sorte, cette publication, en arrachant à la poussière des vieilles bibliothèques, et en éditant avec des notes l'ouvrage d'un moine du dixième siècle sur les *églises et monastères de Clermont* (1). Disons que précédemment et en l'année 1604, Savaron avait donné une édition de *Cornelius Nepos* qu'il avait également enrichie de savantes annotations, et qu'il avait publié la *Sainteté de Clovis,* histoire dépourvue de critique, comme la plupart de celles qui paraissaient alors.

Des productions d'une autre nature et qui semblaient préparer Savaron à la haute mission dont il allait être chargé par le suffrage de ses concitoyens, occupèrent, après ces diverses publications, les instants qu'il put dérober aux exigences de sa magistrature.

Ainsi, il fit paraître, en 1610, un traité intitulé l'*Espée française,* qu'il adressa au roi Louis XIII, alors placé sous la tutelle de Marie de Médicis, sa mère,

---

(1) Voir à la suite la note B.

régente de France. Sous cet emblème, l'auteur matérialise la puissance souveraine. Signe de la valeur et de l'autorité, l'*espée française* est le symbole de la royauté. Voici quelques extraits de cet ouvrage curieux.

L'*espée*, dit Savaron, est l'arme spéciale des Français comme elle avait été celle des anciens Gaulois, leurs ancêtres ; ceux-ci traitaient, en effet, toutes leurs affaires, armés d'épées et de baudriers, ce qui fit donner à leurs assemblées le nom de *conseils armés*.

Les rois de France recevaient à leur naissance l'épée comme marque emblématique de la royauté, et elle était placée en leurs mains avec ces paroles mémorables : « La puisses-tu employer à la gloire de Dieu, » et à la défense de la couronne et du peuple ! »

« L'*espée*, ajoute l'auteur, fut de tous temps le » jouet de nos princes..... Aussitôt qu'ils commen- » cent à ramper, ils nagent sur les javelots, lances » gaies, cuirassines, poignards et espéés, comme » dans leur élément. »

Chez nous cette arme d'identifiait tellement à la royauté, qu'au dire de Savaron, elle servait de mesure aux rois de France, lesquels étaient réputés majeurs quand ils avaient atteint la taille d'une juste épée française qui était de trois pieds. Singulière majorité que celle qui dépendait de la longueur d'une épée !

Mais ce n'était là qu'un bien léger inconvénient attaché à ce culte de l'épée, en comparaison de cette autre coutume attestée par Savaron. Croirait-on au-

jourd'hui que nos anciens rois, majeurs lorsqu'ils atteignaient la hauteur de cette arme symbolique, faisaient passer par son tranchant les enfants des vaincus qui la dépassaient. Vainqueur des Huns, Charlemagne fit appliquer cette loi à leurs enfants, et ordonna que tous ceux qui excéderaient en hauteur cette terrible épée, seraient décapités. Cette fois l'empereur chrétien n'eut rien à reprocher au proconsul payen, et la France eut son Hérode comme la Judée.

Nos rois étaient sacrés avec l'épée joyeuse de Charlemagne. En tous lieux ils portaient cet insigne de leur puissance. Cependant ils la quittaient dans les églises cathédrales, mais en deux circonstances seulement ; savoir lorsqu'ils prenaient un habit de chanoine pour occuper la première stalle, et quand ils revêtaient le costume de diacre pour dire l'évangile. Si le pape officiait, l'évangile fini, le roi mettait l'épée au poing, « *en signifiance*, dit Savaron, qu'il est le défenseur » de la foi évangélique, roi très-chrétien, fils aîné » de l'Eglise catholique, et premier chanoine en » toutes les églises cathédrales de son royaume. »

La plus haute fonction de la monarchie, la charge de connétable se conférait par l'épée française. Celui qui en était revêtu recevait cette épée de la main du monarque, et lui en faisait hommage lige. Charles VI donna lui-même l'épée de connétable à Charles d'Albret ; Olivier Clisson qui succéda à Bertrand Duguesclin, refusa de la livrer à Philippe d'Artois, comte d'Eu, gendre du duc de Berry, frère du roi. Et comme des chevaliers avaient été députés à son château de Jordin, pour la réclamer au nom du roi, il leur répondit, en la leur montrant dans un coffre plein d'or : « Il m'en » coûtera le fourreau avant de la rendre, car je veux » conserver cette dignité viagère de connétable, en » laquelle je me suis dignement comporté. »

L'épée était nécessaire pour faire un chevalier, et celui qui la recevait, la déposait solennellement sur l'autel, et en faisait offrande à Dieu, se vouant ainsi au service de la religion et de l'épée.

Un chevalier ne pouvait, sans déshonneur, livrer son épée qu'à un chevalier ; ainsi, le comte de Suffolk qui soutenait pour l'Angleterre le siége de Jargeau, est forcé de se rendre à Guillaume de Raynaud. Celui-ci lui demande son épée. — Etes-vous chevalier, Monsieur, s'écrie le général anglais ? — Non, mais je suis gentilhomme. — En ce cas, avant de vous re-mettre mon épée, permettez-moi de vous faire che-valier. — Suffolk lui confère l'ordre, et lui livre son épée.

Les chevaliers juraient sur l'épée, et la peine du parjure était l'amputation du poing droit, afin de rendre le coupable inhabile à manier cette arme.

C'était un privilége spécial à la noblesse française d'aborder le roi et d'entrer dans sa chambre l'épée au côté.

L'usage de l'épée était si national que les ecclé-

siastiques même l'attachaient à leur soutane, malgré
la défense des conciles et les prohibitions sévères des
ordonnances, et Savaron donne de cette désobéissance
aux lois religieuses et civiles trois raisons qui paraîtront
peut-être assez originales; la première, qu'ils nais-
sent sous l'astre de Mars qui domine la France; la
seconde, qu'ils sont presque tous gentilshommes, et
la troisième, *qu'il y avait autrefois guerre cruelle
entre eux. et les laïcs, si bien qu'ils émoussaient la
pointe de l'épée par l'épée, et rebouchaient le fer par
le fer.* Je doute qu'aujourd'hui le clergé voulût accepter de tels motifs pour justifier semblable infraction.

Les lois civiles et canoniques et les ordonnances
des rois défendaient le port de l'épée aux roturiers,
marchands et paysans, à moins qu'ils ne fussent en
voyage; mais l'usage contraire abolit ces lois, et nos
Français, dit Savaron, *sont en prescripte possession
de la porter partout et en tous lieux, tant ils sont
duits à l'épée.*

L'épée est l'un des trois fleurons du lys, armes de
la France. Le premier de ces fleurons symbolise la
foi, le troisième le conseil; *celui du milieu est l'épée
qui rallie les deux et s'espanouit et étaye sur eux.*

Le bras de justice est armé de l'épée, et celui du
roi de France, de l'épée de justice. Cette épée,
Charles VIII la porta à Rome, et il s'en servit
pour y exercer les actes d'une justice un peu sommaire, si l'on en croit ces mauvais vers de saint

Gelais, évêque d'Angoulême, cités par Savaron :

> « Et pour en Rome son pouvoir limiter,
> » En camp de Flour en fit décapiter,
> » Pareillement jeter en la rivière,
> » Fit cinq ou six...... Pourquoi l'on peut noter
> » Que sa puissance était fort singulière.

Elle était, en effet, très-singulière cette puissance de Charles VIII, qui, par manière de passe-temps, et pour prouver aux Romains qu'il avait, chez eux, droit de haute justice, leur donnait le double spectacle de la décapitation et de la noyade. Il faut convenir qu'en telles mains l'épée de justice ne ressemblait pas mal au cimetère du Janissaire ou au yatagan de l'Arabe.

Savaron ne veut point que l'épée française soit occupée, même à Rome, à de pareils exercices. *Elle ne doit*, dit le magistrat, *armer le bras des rois de France que pour l'employer à la gloire de Dieu, à la défense de la couronne et du peuple.* Belles paroles qui résument tout son livre.

Voilà, en raccourci, l'analyse de l'*Espée française*, ouvrage aujourd'hui fort ignoré, qu'on ne lit point, qu'on consulte à peine, et qui pourtant, comme tous ceux de Savaron, remarquable par l'érudition historique, peut fournir d'utiles documents à ceux qui s'occupent de l'histoire et de la législation du pays.

Le *Traité contre les duels* parut la même année que l'Épée française ; alors avait été publié le célèbre édit de Henri IV, provoqué, comme on le sait, par

les nombreux désordres nés sous le règne de ce prince,
de cette absurde coutume que l'ignorance et la barbarie de nos pères avaient inoculé dans nos mœurs,
et que les ordonnances de nos rois et les défenses ecclésiastiques avaient été impuissantes à déraciner. Au
temps de Savaron, le mal était si grand qu'il avait
presque atteint les proportions d'un fléau. Chaque jour
le plus beau sang de la France était répandu dans des
combats singuliers, et l'on aurait peine à croire au
chiffre énorme des victimes qui succombèrent depuis
l'avénement de Henri IV jusqu'à sa mort, s'il n'était
attesté par les plus graves historiens. Sully, dans ses
Mémoires, et L'Estoile dans son journal, portent ce
chiffre à 4,000 gentilshommes, ce qui donne une
moyenne d'environ 220 personnes par année. En présence de tels résultats, la puissance royale ne pouvait
rester inactive. Une législation énergiquement répres-
sive devait venir au secours d'une société ainsi décimée
sans gloire et sans profit. Déjà un édit, rendu en 1602,
avait rappelé les différentes ordonnances, et confirmé
les peines prononcées contre les duellistes. Cet édit
avait même créé une juridiction nouvelle, celle du
connétable et des maréchaux de France spécialement
chargés des atteintes faites à l'honneur. Mais cette
juridiction n'avait été encore qu'un remède sans ef-
ficacité. L'édit de 1609 prononça des peines plus
rigoureuses que ceux qui l'avaient précédé; malheureusement la sévérité de la loi vint échouer contre les

exigences de ce qu'on appelait alors, comme aujour-
d'hui, le point d'honneur. Ces exigences trouvèrent
même leur justification dans la facilité du roi à pardonner les duels, *facilité qui*, au dire de Sully, *se
multiplia tellement que ces funestes exemples perdirent la ville, la cour et tout le royaume.*

Savaron était un magistrat trop éclairé, il avait un
cœur trop religieux pour ne point flétrir de sa grave
parole un usage qui, en substituant la justice de l'indi-
vidu à la justice souveraine, exaltait la force brutale,
et habituait à mépriser la loi. Son Traité contre les duels
fut une énergique protestation contre cet odieux reste
d'une barbarie qui a eu la singulière destinée de se
maintenir debout à côté de la haute civilisation que nous
ont faite le christianisme et la philosophie. Cet ouvrage
se recommande surtout par de curieuses recherches
sur l'origine du duel, et sur les diverses législations
qui l'ont en France autorisé, toléré ou réprimé.

Dès le début de son livre, Savaron constate un fait
malheureusement trop réel, c'est que le Français est
naturellement porté au duel. La cause de cette pro-
pension qui nous est particulière, l'auteur la trouve
dans une influence sidérale. L'on croyait alors à ces
influences. Les peuples, comme les individus, avaient
leur bonne ou leur mauvaise étoile. Or, selon Savaron, il n'est pas douteux que la planète de Mars ne
soit la constellation qui domine sur la France ; ce
qui le prouve, c'est que les Gaulois, nos ancêtres,

étaient renommés par leur courage ; que le mot de poltron était rayé de leur vocabulaire , car chez eux personne ne se coupait le pouce pour s'exempter de la milice (1) : ce qui le prouve encore , c'est qu'ils choisissaient le mois de *mars* pour recruter leur jeunesse et l'envoyer à la conquête des royaumes ; que l'année commençait chez eux en lune de *mars;* que leurs états généraux étaient tenus le premier jour de *mars*, en un lieu appelé *Champ-Martial;* que les chevaux des Français se nommaient *marks* ; le premier écuyer , *maréchal; marches* , les pays conquis ; *marquis*, les conquérants , etc. Ces prémisses admises , voyez les conséquences. Tout le monde sait que Mars correspond au signe du bélier ; et comme les béliers sont des animaux duellistes de leur nature, puisque, dit Savaron, *on les voit se retirer à part du troupeau, pour s'entrechoquer, de même, les Français , dominés par l'astre de Mars, qui est au signe du bélier, se mettent à quartier du gros des armées pour s'entr'estoquer.* D'ailleurs, les Français ne sont-ils point appelés *Galli*, du nom du coq, animal courageux et guerrier et qui combat en duel. Ajoutez à tout cela que le roi David qui fut le premier duelliste, *prévoyant l'humeur guerrière des Français, a jeté sur eux le sort du duel, caché sous les mystères de son 79ᵉ psaume, que quelques doc-*

_____

(1) Poltron, en latin, *pollex truncatus*, pouce tronqué.

teurs et rabins interprètent du lys des Français, et vous comprendrez parfaitement pourquoi le Français est d'un naturel querelleur et porté au duel.

Toutes ces raisons paraissent très-puériles et le sont en effet; cependant elles étaient admises par Savaron, et personne ne songeait alors à les discuter.

Après ces considérations sur la nature endémique du duel chez le peuple français, Savaron fait connaître la législation qui, depuis l'origine de la monarchie, a réglé cette importante matière.

La loi salique l'avait autorisé (1). Plus tard, la loi Gombette reçue en France, quoique Gondebaud, son auteur, n'eût aucune autorité sur le royaume, y ajouta sa sanction. Les rois Charlemagne et Louis-le-Débonnaire confirmèrent cette législation.

Tout absurde qu'elle est, l'institution du duel avait pourtant sa logique, car il n'y a pas de mauvaise chose qui ne puisse se justifier par un dilemme. « Dieu, disait-on, ne saurait abandonner l'innocent; il doit le protéger contre l'injustice. Si donc le bon droit est du côté du faible aux prises avec le fort, la main de Dieu ne peut faillir au premier, et les chances du combat doivent tourner en sa faveur. »

C'est en vertu de ce raisonnement que le mari trompé tombait sous le fer du séducteur de sa femme;

---

(1) Voir les notes qui terminent ce travail, lettre C.

que le débiteur de mauvaise foi s'acquittait envers son créancier; que l'injuste possesseur devenait légitime propriétaire. *Tu es vaincu, donc tu as tort*, telle était la logique du duel.

Les princes du sang, les officiers de la couronne, les évêques, les prélats, les juges, les témoins, courbaient la tête sous cette inflexible argumentation.

Les reines elles-mêmes ont eu recours à la preuve du duel pour sauvegarder leur honneur.

Plainte de meurtre, disait l'ancien coutumier de Normandie, *doit être faite, et si l'accusé nie, il en offre le gage, et bataille doit l'y être octroyée par justice.* Ce qui prouve, comme l'observe Voltaire, qu'un homme accusé d'homicide, avait le droit d'en commettre deux.

Les rois de France que le sceptre mettait au-dessus des lois, s'assujettissaient à celle du duel.

L'histoire a enregistré une multitude de défis envoyés ou reçus par nos rois et par nos princes, sans parler de celui que François Ier, de chevaleresque mémoire, expédia à Charles-Quint qui ne crut pas du tout faire acte de poltronnerie en le refusant.

L'on n'a point oublié le cartel de Charles d'Anjou, frère de saint Louis, et de Charles d'Arragon. Ces deux princes se défièrent en combat singulier, après les Vêpres siciliennes ; et leur combat fut en effet très-singulier, car, après avoir obtenu du pape Martin IV la permission de vider leur différend par les armes,

3

ils se donnèrent rendez-vous au camp de Bordeaux qui leur avait été assigné par Philippe-le-Hardi. Charles d'Anjou arriva le matin, et prit acte du défaut de son ennemi. Celui-ci arriva le soir, et remplit la même formalité à l'égard de son adversaire qui ne l'avait point attendu.

Comme les rois et les princes se battaient en personne, il était tout simple qu'ils encourageassent les duellistes par leur présence, et qu'ils accordassent une prime au plus adroit ou au plus heureux.

Ainsi Charles VIII présida au combat de Zarbulo contre Lalende, et fit don de 300 écus au premier, et de 500 au second : c'était royalement payer sa place à un tel spectacle.

Ainsi François Ier assista, comme amateur, à tous les duels qu'il ordonna.

Ainsi Henri II qui devait mourir du coup de lance de Montgommeri, vit le duel si fameux de Jarnac et de Lachateigneraie.

La contagion du duel avait tellement pénétré dans la société, que les femmes elles-mêmes en ont été atteintes. *Les femmes*, dit Savaron, *se battaient en duel, de corps à corps, femme contre femme.*

C'était, comme on le voit, une société bien organisée que celle qui reposait sur de telles bases. Malheureusement les ministres de la religion venaient encore en aide à cet immense désordre.

Un pape (Nicolas Ier) appela le duel *un conflit*

légal, *un légitime combat*. Le concile de Salgunst le nomma *jugement divin*, ratifiant ainsi la qualification que lui avait donnée la loi Gombette.

Les archevêques et évêques recevaient le duel comme loi dans leur seigneurie temporelle ; leurs juges l'ordonnaient aux justiciables, et l'on conçoit l'intérêt qu'ils avaient à en agir ainsi ; les amendes et confiscations des vaincus leur appartenaient, s'ils étaient seigneurs justiciers, car, dit Savaron, *les battus payaient l'amende* (1).

Cependant les lois et les capitulaires, les décrets et les décrétales, si tolérants à l'endroit du duel, en ce qui concernait les laïques, l'étaient beaucoup moins à l'égard des ecclésiastiques. Pour ces derniers, les défenses étaient sévères, ce qui n'empêchait point qu'ils ne se laissassent, comme tout le monde, entraîner par l'influence planétaire plus puissante que les lois, les décrétales et les capitulaires. La raison qu'en donne Savaron doit être recueillie. « Depuis,

---

(1) L'on trouve l'origine de ce proverbe dans ces vers rapportés par Ducange sur une disposition de la coutume de Lorraine :

C'est un proverbe et commun dis
Qu'en la coutume de Lorris,
Quoiqu'on ait juste demande,
Le battu paye l'amende.

(Glossaire de Ducange, *verbo Duellum*).

» dit-il, que les ecclésiastiques ont convoité les sei-
» gneuries temporelles, il a fallu qu'ils soient deve-
» nus guerriers, tant pour les acquérir que pour les
» défendre. » Et, à ce sujet, l'auteur rapporte deux
exemples remarquables de duels, où deux ecclésiastiques soutinrent bravement en personne les droits
de leur seigneurie temporelle.

Le premier eut lieu entre Etienne, cinquième du
nom, évêque de Clermont, et Guillaume Doren et
son frère Amblard, de Chamalières, qui étaient en
procès avec le prélat au sujet de la donation de l'é-
glise de Sauvagnat et de ses dépendances. L'affaire
fut remise au jugement de Dieu. Les frères Doren,
qui avaient troublé l'évêque dans sa jouissance, furent
vaincus et subirent la loi du combat.

Le second duel est ainsi rapporté par Savaron : Un
clerc bourguignon avait usurpé l'église de Saint-Mau-
rice, riche en revenus. Cette église fut revendiquée
par un seigneur. Les deux adversaires convinrent que
le sort des armes en déciderait. Le jour et le lieu
furent choisis ; mais le seigneur voulant savoir ce que
le clerc faisait en *son host*, le matin du jour fixé pour
le combat, envoya un espion. Celui-ci arriva au moment où le clerc assistait à la messe ; et comme le
prêtre prononçait ces mots : *Ceux qui s'élèveront se-
ront abaissés*, l'espion entendit le clerc s'écrier que
ces paroles n'étaient point vraies, car s'il se fût humi-
lié, il n'aurait pas autant de richesses et de clients.

Cette outrecuidante exclamation ayant été rapportée au seigneur, celui-ci en tira un heureux présage, et en effet la chance du combat le favorisa : le clerc reçut un coup d'épée qui lui traversa la langue et la bouche, et il tomba raide mort.

Voilà deux duels qui semblent avoir rendu bonne justice. Toutefois cette manière de l'administrer ou de se la faire, simplifiait beaucoup l'étude du droit, et le meilleur professeur en cette matière était, à coup sûr, le maître d'escrime.

Nous avons dit que l'Eglise s'était montrée plus avare du sang des prêtres que nos anciens rois ne l'avaient été de celui de leurs sujets. Le concile de Latran abrogea, en effet, cet usage du duel, *comme abusif, contraire à l'honnêteté publique et bienséance de l'ordre;* celui de Lyon, sous Innocent IV, excommunia l'empereur Frédéric pour avoir, entre autres choses, contraint les ecclésiastiques à subir le duel.

L'autorité spirituelle avait même compris que cette loi barbare devait être complétement effacée du code des nations; et si quelques conciles s'étaient montrés d'une tolérance fâcheuse sur cette coutume, il faut reconnaître que le plus grand nombre l'avait réprouvée, en se fondant sur cet axiome : *Qu'il faut laisser les choses secrètes et occultes au secret et occulte jugement de Dieu à qui toutes choses sont manifestes.*

Les lois des Lombards permettaient le duel, mais avec *écu et bâton, pour étourdir plutôt qu'occire.* Sa-

varon qui cite cette législation, ajoute que les lois fran-
çaises et les capitulaires l'ont ainsi ordonné ; mais ce
mode de combat n'était guère usité qu'entre roturiers.
Le bâton n'est point gentilhomme, c'est de là qu'est
venu le proverbe *être battu en vilain.*

Plusieurs édits ont réglementé les duels : le plus
célèbre est celui rendu, en 1306, par Philippe-le-
Bel. Avant cet édit, les juges et hauts justiciers connaissaient des duels ; l'édit en attribua la connaissance
à la cour des pairs, privativement aux sénéchaux et
autres juges.

Réglementer le désordre, c'est en réalité l'autoriser. Quelques-uns de nos rois l'avaient compris. Ainsi
l'aïeul de Philippe-le-Bel, saint Louis, fit mieux que
son petit-fils. Il défendit, sous des peines sévères, le
duel dans ses états. Charles V et Charles VI portèrent
de semblables défenses ; mais les mœurs protestaient
contre ces prohibitions, et la tolérance du juge s'arma
souvent contre la sévérité de la législation.

Savaron appelle *combats légitimes* ces actes de
brutale férocité que les capitulaires et ordonnances
avaient admis comme moyen suprême de terminer un
différend. Pour lui, le *duel légitime* semble être surtout celui qui avait lieu *avec l'écu et le bâton ;* mais ce
duel même, proscrit par les conciles, ne saurait être
reçu dans une société civilisée. « Et combien, à plus
» forte raison, s'écrie Savaron, doivent-ils être *fort*
» *bannis et chassés ces duels sanglants, barbares et*

» *illégitimes qui ont eu cours et donné sujet à la ri-*
» *gueur du nouvel édit.* »

A propos de cet acte de la puissance souveraine,
l'auteur examine la question du duel, et la discute
au point de vue religieux. Pour lui, l'influence sidérale qui est la cause de cette disposition particulière
aux Français qui les porte à s'entre-détruire, ne saurait en être l'excuse. « Quelle folle folie, dit-il, de
» cracher contre le ciel, de s'excuser sur la planète
» de Mars tenu pour hargneux, vindicatif et querel-
» leux.

» Les Français très-chrétiens ne relèvent d'autre
» Mars que de celui qui a daigné s'armer de notre hu-
» manité pour combattre en duel le diable et la mort
» qu'il a vaincus au champ clos d'Olivet, au prix de
» son sang.

» Les Gaulois payens abhorraient tellement le duel,
» ajoute Savaron, qu'on en trouve à peine un seul
» exemple dans toute leur histoire, et pourtant ce
» cruel usage s'est établi chez les Français très-chré-
» tiens leurs descendants. »

Il y a, en effet, quelque chose de fort extraordinaire dans ce rapprochement, et peut-être ne serait-
il pas sans intérêt de rechercher pourquoi le duel si
rare chez les peuples dont la religion divinisait toutes
les passions, était devenu si commun chez des nations professant un culte tout d'abnégation, d'amour
et de charité. Serait-ce que le paganisme n'aurait

point compris les susceptibilités du point d'honneur, ou qu'il les aurait mal comprises, ou ne serait-ce pas plutôt qu'il avait sur cet article des opinions plus justes, des idées plus élevées que nous-mêmes? Le point d'honneur, telle est la loi du duel, loi inexorable, en vertu de laquelle deux hommes qui se connaissent à peine, qui ne se haïssent point, qui s'aimeraient peut-être, se donnent froidement le choix de s'envoyer deux balles dans la tête, ou de s'enfoncer trois pouces de fer dans la poitrine. Or, ce point d'honneur qui produit de si beaux résultats, savez-vous ce qu'il est le plus ordinairement? Une égratignure à l'amour-propre d'un sot, ou une piqûre à la vanité d'un fat. Certainement les payens d'Athènes ou de Rome n'entendaient pas de la sorte le point d'honneur. Pour eux le mot avait une toute autre signification. Le point d'honneur, c'était l'amour de la patrie, c'était le sacrifice à cette idole de ses injures personnelles. Quel homme dans toute l'Italie eût songé à reprocher à César de ne point avoir tiré vengeance, l'épée à la main, des propos du plus étourdi des patriciens qui, dans une orgie, se serait permis de malicieuses allusions sur les galanteries du volage époux de Calpurnie? Sous Henri II, il fallait que Jarnac donnât à Lachateigneraie ou reçût de sa main un coup d'estramaçon pour de pareils propos. Lequel de César ou de Jarnac comprenait mieux le point d'honneur? Autres temps, autres mœurs, dira-t-on sans doute. Je le sais, et pourtant j'ai peine à concevoir, malgré la différence des temps et des mœurs, comment ce qui n'aurait été qu'une gentillesse appliquée au plus grand citoyen de Rome, était un sanglant outrage imputé à un gentilhomme français. J'ai peine à concevoir surtout comment une blessure faite à l'honneur peut être cicatrisée par un coup d'épée. Aussi la question d'honneur est-elle donc celle qui s'agite dans un duel? Je ne le pense pas. Ce que veut prouver le duelliste, c'est, avant tout, qu'il est homme de courage, parce que cette preuve dispense de toutes les autres. Vous avez calomnié la femme de votre ami; mais vous avez généreusement offert à ce dernier de jouer votre vie contre la sienne. Il a accepté le jeu; vous l'avez tué; vous voilà calomniateur et meurtrier aux yeux de la raison et de la loi. Vous ne serez ni l'un ni l'autre aux yeux du monde; car en tuant votre adversaire vous vous êtes exposé à la chance qui lui a été fatale. Votre courage vous amnistie; le second crime efface le premier. Le courage du duelliste! Mais n'en est-il pas encore de cette vertu comme du point d'honneur? L'un et l'autre sont-ils donc en réalité autre chose que la fausse monnaie de deux sentiments généreux? Croyez-vous, par exemple, que le courage de Saint-Foix, soutenant au péril de ses jours un mauvais quolibet de taverne, soit de même nature que celui de Polyeucte expirant dans les tortures pour ses croyances; du chevalier d'Assas recevant la mort pour sauver l'armée, ou de Boissy-d'Anglas au fauteuil de la convention, lorsque des assassins lui présentèrent, au bout d'une pique, la tête de Ferraud, son collègue et son ami? Il y a tel bravache de salle d'armes, qui ne craint pas de mettre sa vie à la pointe d'une épée ou à la gueule d'un pistolet, qui tremblerait de l'exposer dans une bataille ou dans une émeute populaire.

Si le duel, sans exemples chez les nations payennes, est malheureusement devenu si commun chez les peuples éclairés par les sublimes lumières du christianisme, il serait absurde d'en voir la cause dans les principes de cette religion. A coup sûr la philosophie de l'Evangile est la plus énergique comme la plus éloquente protestation contre cet usage barbare. Mais quelle philosophie les passions humaines, aidées des subtilités des sophistes, n'ont-elles point dénaturée! Il suffit d'un paradoxe présenté sous la forme d'un aphorisme religieux pour pervertir le sens moral de vingt générations. La main de Dieu ne peut faillir au bon droit, disaient dogmatiquement les législateurs du moyen-âge. De cette maxime est issu le duel judiciaire ou le jugement divin. De là au duel ordinaire, à celui que Savaron appelle le duel illégal, il n'y avait qu'un pas. La loi vous permet de prouver la justice de votre cause, les armes à la main; les mœurs finiront par tolérer ce genre de preuve, par l'imposer même alors qu'il s'agira de la plus légère

querelle. Ce sera toujours un appel à la justice de
Dieu ; et comme il est plus difficile de réformer les
mœurs que d'abroger les mauvaises lois, le duel illégal survivra à celui autorisé par la législation. Ainsi
s'est invétéré cet odieux abus de la force brutale. Aujourd'hui, il n'est pas un homme sérieux qui, en ac-
ceptant un cartel, ne comprenne qu'il fait une action
contraire à l'humanité et à la raison, et pourtant il
s'y résigne ; c'est que les exigences du préjugé sont
plus impérieuses quelquefois que les inspirations de la
conscience et les conseils de la raison. Or, un préjugé,
qn'est-il donc sinon le despotisme d'une idée fausse?
En Corse, une vengeance se transmet dans la famille
comme un héritage ; c'est une portion de la succession
de son auteur : y renoncer passerait pour une lâcheté :
à Naples et à Rome, on se débarrasse de son ennemi
par un coup de stylet : dans ces pays, les mœurs ab-
solvent aussi ces actes d'une froide et stupide férocité.
Si vous en cherchez la cause, soyez certains que vous
la trouverez dans le tyrannique empire exercé sur le
jugement par un sophisme à l'état endémique.

Cette digression qui nous a été inspirée par une ré-
flexion de Savaron, nous ramène à son traité. Le côté
religieux de la question du duel est surtout discuté par
notre auteur, ce qui ne l'empêche pas de l'examiner
au point de vue social et judiciaire.

« Le duelliste, dit Savaron, est ennemi de nature,
» laquelle nous fait naître pour nous entrechérir et

» entr'aider, et non pour nous haïr et nous dé-
» truire. Il est criminel de lèze-majesté divine, car
» notre facteur qui nous a faits et refaits sans nous,
» ne permet pas de nous défaire sans lui. Il faut at-
» tendre qu'il nous ajourne pour comparoir devant
» sa tribune.

» Le duelliste est aussi criminel de lèze-majesté
» humaine, car au roi seul appartient le droit du
» glaive. Personne, vivant sous ses lois, ne peut se
» faire justice par ses mains, ni prendre d'autorité,
» par duel, la réparation des injures et outrages qu'il
» dit avoir reçus..... Il faut se pourvoir devant les
» juges ordinaires. »

Tels sont les principes professés par Savaron, principes d'une incontestable vérité, et que nos légistes
ne formuleraient point avec plus d'énergie, s'ils avaient
à discuter la même question.

Notre auteur termine ce Traité en conseillant aux
Français de revenir à leur nature courtoise, civile et
hospitalière, « de n'avoir d'autre différend que de
» vaincre en affections et bons offices, et de renoncer
» à ces luttes barbares qui ont si longtemps ensan-
» glanté la France..... Arrière duels, s'écrie-t-il,
» arrière folies !.... Ramassons nos esprits égarés, et
» revenons à nous..... Il y a trop de sang répandu qui
» crie vengeance aux cieux, et les vertus des cieux
» réclament la divine Majesté quand les hommes tuent
» leurs semblables, sans cause légitime. »

Belles paroles, dignes d'un magistrat et d'un philosophe chrétien !

Le *Traité contre les masques*, publié par Savaron,
en l'année 1611, est certainement l'une des productions de cet écrivain qui porte au plus haut degré
l'empreinte de cet esprit religieux qui se fait remarquer
dans tous ses ouvrages. L'objet de ce Traité fut de
concourir à faire disparaître de Clermont et de quelques villes de France l'usage de se masquer certains
jours de l'année, et particulièrement celui de la Nativité de Notre-Seigneur.

Savaron y soutient cette thèse que le diable est
l'inventeur des masques ; que se masquer est une idolâtrie et une hérésie, et que cette coutume est contraire aux mœurs et à l'honnêteté publique.

Sur toutes ces propositions, l'érudition de l'auteur,
ses connaissances bibliques, sa science des textes sacrés ou profanes lui sont d'un merveilleux secours.

Voulez-vous la preuve que le diable est l'inventeur
des masques, vous la trouvez dans l'étymologie
grecque, latine et toscane. Dans toutes ces langues le
mot qui désigne le masque, désigne aussi le démon.
Or, comme d'ordinaire l'inventeur donne son nom à
l'objet inventé, n'est-il pas aussi évident que le démon
est l'inventeur du masque qu'il est démontré que
M. Daguerre est l'inventeur du Daguerréotype.

Telle est, au surplus, l'opinion de Pierre de Ravennes.

Si le masque est d'invention diabolique, il est clair

que ceux qui se couvrent la face de ces vilaines figures, font fête de Satan, et qu'ils sont ministres du
diable. C'est aussi le sentiment de saint Chrysostôme
et de saint Maxime de Turin.

La filiation satanique du masque étant ainsi prou-
vée, il devient très-facile de le convaincre d'idolâtrie
et d'hérésie.

Le masque est *idolâtre,* car il rappelle ces fêtes
payennes nommées lupercales, qui célébraient la naissance de Romulus et de Rémus, ce qui fait que le
jurisconsulte Tertullien, les Pères de l'Eglise et les
conciles n'hésitent pas à l'inscrire sous la rubrique de
l'idolâtrie.

Le masque est *hérétique*, car il a été condamné
par les saints Pères, et anathématisé par les conciles.
Témoins, saint Paccian, évêque de Barcelonne ; saint
Chrysostôme, saint Ambroise, saint Augustin, et surtout saint Pierre, évêque de Ravennes, dont Savaron
rapporte textuellement les paroles :

« Lorsque Notre-Seigneur, dit le saint prélat, est
» né pour notre salut, le diable a introduit contre
» l'honneur de Dieu, infinis pernicieux monstres de
» mascarades, pour rendre notre religion ridicule,
» pour tourner la sainteté en sacrilége, et de l'hon-
» neur de Dieu faire injure à Dieu même. »

Le masque étant idolâtre et hérétique, il n'est pas
étonnant que l'Eglise se soit armée de sévérité pour
en abolir l'usage ; mais ce qui paraîtra surprenant,

c'est le moyen employé pour arriver à ce résultat. Originairement la mascarade était payenne, car elle consistait dans quelques scènes grotesques du paganisme.
L'idolâtrie était flagrante; pour l'extirper, l'on ima-
gina de donner à la mascarade un tout autre caractère.
De payenne qu'elle était on la fit chrétienne. Ainsi,
plus de faunes, de satyres, de silènes, de bacchantes :
en compensation l'on permit de représenter la nativité
de Jésus, le réveil de l'ange aux pâtres, la circonci-
sion, l'étoile, les trois rois, etc. Cette ingénieuse
invention dépassa le but ; car l'on ne s'en tint point
à la représentation, l'on alla jusqu'à la parodie.
La mascarade idolâtre fut supprimée, mais elle fut
remplacée par la mascarade sacrilége. Le remède
était pire que le mal. Les conciles le comprirent et
frappèrent du même anathème toute mascarade, quelle
que fût la livrée sous laquelle elle se produisît.

Savaron cite, à ce sujet, le huitième concile de
Constantinople, celui de Bâle, la pragmatique sanction, le concile de Cologne, les synodes de Salisbourg,
de Tournay, la Sorbonne, etc.

Proscrits par l'Eglise, les masques ne furent guère
mieux traités par nos rois et nos cours de justice.
François Ier, Charles IX et Henri III éditèrent contre
eux des peines sévères, et le parlement de Paris prononça, en l'année 1509, la prison et l'amende contre
tous vendeurs de masques, sans parler d'une condamnation contre *trois hommes vils*, lesquels avaient

été trouvés masqués, et qui, pour réparation de ce crime, subirent la fustigation au préau du palais, et furent, en outre, bannis pour quelque temps.

Il faut convenir que ces rigueurs de la législation, ces sévérités de la magistrature pouvaient être motivées par les désordres qui se commettaient sous ces ridicules travestissements.

La troisième proposition de Savaron est ainsi formulée : « *Se masquer est contre les bonnes mœurs et* » *l'honnêteté publique.* »

Ici les preuves abondent, et sur ce terrain, en faisant la part de quelques exagérations qui, peut-être, n'en étaient pas au temps où il écrivait, il est difficile de ne pas donner raison à l'auteur du Traité contre les masques.

Savaron, toujours fidèle à sa manière, qui consiste à procéder par citations lorsqu'il veut mettre une vérité en lumière, invoque l'autorité de Plutarque et celle du jurisconsulte Paul.

Le premier place parmi les fautes les plus graves que puissent commettre les jeunes gens, l'ivrognerie, la gourmandise, le larcin, les jeux de dés, *masques* et *momeries*.

Peut-être pourrait-on chicaner Plutarque sur sa classification, et lui répondre qu'il y a bien quelque différence entre le larcin qui est un délit, et la gourmandise qui n'est qu'un péché, et que mieux vaut encore pour un père de famille, un fils qui se masque qu'un enfant qui dérobe le bien d'autrui.

Quant au jurisconsulte Paul, son opinion est énergiquement exprimée dans le passage suivant : « Les
» conditions contre les lois et les bonnes mœurs sont
» nulles et non écrites ; par exemple, si tu ne prends
» point de femme, si tu n'as point d'enfants, si tu
» homicides, *si tu vas masqué*, et autres semblables.»

Se masquer était donc, chez les payens, chose illicite et contre les mœurs ; à plus forte raison doit-il
en être de même chez les chrétiens.

Voyez, au surplus, dit Savaron, les désordres et les malheurs qui sont nés de ce coupable amusement. Socrate, ce *parangon* de la sagesse humaine, aurait-il été mis à mort, s'il n'eût été représenté sur la scène par Aristophane, dans sa comédie des Nuées? N'est-ce pas dans une mascarade ardente que Charles VI faillit être dévoré par les flammes? Enfin, n'est-ce pas sous le masque que se commettent *tant de voleries, meurtres et ravissements ?*

Après avoir établi ses trois propositions, l'auteur en vient à l'objet principal de son livre, qui est de proscrire les mascarades à Clermont le saint jour de Noël.

« On se masque, dit-il, en plein jour, aux fêtes de
» Noël, durant l'office, au devant de l'église cathé
» drale, où les bandes de masques abordent à l'a
» bandon, en habits de fols, avec sonnerie de toutes
» sortes d'instruments, sautent, *virevoulent*, pirouet-

» tent avec des mouvements lubriques et lascifs, et
» des paroles déshonnêtes.

» Et tout cela a lieu le jour le plus saint de l'an-
» née, le jour de la fête métropolitaine de toutes les
» fêtes, selon saint Jean Chrysostôme. »

Ici, nouvelles citations et plus curieuses que les précédentes, pour prouver que la veille de Noël la loi du
jeûne le plus absolu doit être observée, et que, *dans
cette sainte nuitée*, l'on doit s'abstenir de tous plaisirs,
de tous divertissements. Ecoutons Grégoire de Tours
racontant un fait arrivé à Riom onze cents ans environ avant Savaron.

« Un prêtre nommé *Espachius*, des plus nobles
» familles de Riom, sortait souvent de l'église, la veille
» de Noël, pour boire, même passé minuit. Peu de
» temps après, comme il disait la messe solennelle,
» aussitôt qu'il eut mis en sa bouche le précieux sa-
» crement, et l'eut baillé aux autres, se *prinst à han-
» nir* comme un cheval, tombant par terre, et écu-
» mant, rejeta ce qu'il avait pris, fut emporté par ses
» serviteurs hors de l'église, et le reste de ses jours
» vécut épileptique. »

Le jeûne, au surplus, ajoute Savaron, *doit être
aussi bien de voluptés que de viandes;* et c'était une
vieille coutume en France que de donner, ce jour-là,
la bénédiction et absolution aux adultères, *pour que,
dans cette sainte journée, tous les chrétiens fussent
purs et nets;* mais cette grâce ne fit que rendre les

Français plus enclins à *adultérer*. Dès-lors le pape Nicolas Ier blâma cet usage, et en écrivit aux évêques assemblés au concile de Senlis.

Enfin, pour qu'il ne reste aucun doute aux Clermontois sur le sacrilége qu'ils commettent en se masquant et *ballant* le saint jour de la Nativité, Savaron rapporte un miracle fort original, et qui semble avoir été fait tout exprès pour la circonstance.

« En une ville de Saxe, diocèse de Magdebourg, dix-huit hommes et quinze femmes dansaient et *ballaient* pendant l'office divin. Ils troublaient ainsi le service. Le curé les fit appeler, et les exhorta à cesser leurs danses; mais ils n'eurent aucun égard à sa prière. Alors le prêtre s'écria : « Fasse Dieu et saint Maigne
» que ces danseurs et chanteurs continuent leur train
» pendant toute l'année; *ce qui advint et est témoi-*
» *gné par un Ubertus, un des danseurs.* »

Comment, après une telle punition, les habitants de Clermont pouvaient-ils s'exposer encore à danser autour de la cathédrale, *l'une des premières de France*, dit Savaron, *et des plus excellentes en piété et en dévotion?*

Il est probable que le Traité contre les masques atteignit son but, car je ne sache pas que, depuis Savaron, l'usage de se masquer et de *baller*, le jour de la Noël, autour de la cathédrale, se soit maintenu.

Appréciée au point de vue de nos idées, cette œuvre paraîtra sans doute d'une utilité sociale bien secondaire. La question des masques n'est point en-

core tombée dans le domaine de la polémique, et il
est à croire que si jamais elle y tombe, elle sera trai-
tée moins sérieusement que par Savaron. Au temps
où nous vivons, les masques n'ont rien à craindre
d'une accusation d'hérésie, fût-elle même fulminée
par saint Paccian ou saint Pierre de Ravennes. Il n'en
était pas ainsi à l'époque où écrivait notre savant et
religieux compatriote. Aux yeux d'un catholique fer-
vent, tout ce qui sentait l'hérésie était grave et devait
être banni de la société civile comme il l'était de la
communion des fidèles : c'était la conséquence logique
des discussions nées de la réforme. Luther et tous ses
sectateurs avaient été déclarés hérétiques pour avoir
voulu discuter avec Rome. Une croyance absolue
dans l'infaillibilité de l'Eglise devenait une nécessité
du catholicisme. Savaron était imbu de ces idées;
tous ses ouvrages en font foi. Pour lui, un texte de
saint Augustin était une preuve; un miracle attesté
par Grégoire de Tours, une démonstration. Tout cela
explique le but et révèle l'esprit de son Traité contre
les masques. Il est certain d'ailleurs que ce petit livre
avait été inspiré par une pensée d'ordre public. Beaucoup de délits se commettaient sous ces grotesques
travestissements, tolérés par la liberté du carnaval et
de certaines fêtes de l'année. Les abords de l'église
métropolitaine de Clermont étaient, le saint jour de
Noël, transformés en une sorte de bal masqué, où
s'exécutaient, au grand scandale de la religion et des

mœurs, des scènes d'une coupable impiété ou d'une
obscénité révoltante. Savaron devait à son pays, et
particulièrement à sa ville natale, de signaler de si
graves abus, et de contribuer à les faire disparaître.

Le *Traité des Confréries*, qui avait précédé la publication du Traité contre les masques, fut rédigé dans
un intérêt de corps. Il s'agissait de prouver que les
prohibitions de certains synodes, les défenses de certaines ordonnances ne frappaient point la confrérie
de Saint-Yves, le bienheureux patron des magistrats
et des hommes de robe.

A ce sujet, Savaron recherche l'origine des confréries. Il en trouve les traces dans la plus haute antiquité. Solon les avait instituées à Athènes, Lycurgue
à Lacédémone; les Romains les avaient admises, les
premiers chrétiens les ont adoptées; enfin, elles ont
été sanctionnées par une pratique de plus de 1,500 ans.
Les banquets étaient l'un des éléments de ces sortes
d'association. L'on banquettait dans les confréries ju-
daïques, ce qui inspira des inquiétudes à l'empereur
Claude, qui, par un édit, ordonna la destruction des
lieux où se tenaient ces joyeuses réunions, et fit défense
aux rôtisseurs et *viandiers* de débiter de la chair
rôtie et bouillie, et aux taverniers de vendre de l'eau
chaude. L'usage de ces festins existait chez les Grecs,
chez les Romains et chez les premiers chrétiens, qui
se réunissaient dans leurs églises pour célébrer leurs
banquets charitatifs qu'ils appelaient *agapes*. Mais

l'empereur Trajan les ayant contraints de se *latiter* dans des grottes, ils furent obligés de les convertir en salles de banquets. Persécutées par Trajan, ces confréries trouvèrent pourtant le moyen de se maintenir jusqu'à Charlemagne. L'on pensait alors que les viandes portées dans les églises, étaient sanctifiées par le mérite des martyrs, et que ceux qui y étaient enterrés en prenaient leur part, et *s'esjouissaient avec les banquettants*. De là l'usage des banquets dans les lieux saints.

Des banquets aux chants et aux danses, il n'y avait qu'un pas. Les chants et les danses s'introduisirent dans ces assemblées; mais les conciles d'Auxerre, d'Orléans et de Rome, les défendirent à cause des scandales dont ils étaient la source. Chassés de l'intérieur des églises, les danseurs et chanteurs se réfugièrent dans les lieux environnants. Autre scandale dénoncé dans le Traité contre les masques.

Savaron approuve l'usage des banquets les jours de fête : c'est un moyen d'honorer les saints. Les religieux de Saint-Alyre banquettaient à la Noël, à Pâques et à la Pentecôte. Notre auteur nous donne même le menu du repas. Il consistait en quatre services : au premier, des hachis et entrées; au second, des œufs et des poissons avec leur sauce; au troisième, des soupes au fromage, et au quatrième des tartres et beignets. Au dessert on servait aux bons pères du vin blanc et des pains mollets *tant qu'ils en voulaient*, dit Savaron.

Tolérant à l'endroit des banquets, notre magistrat l'est tout autant en ce qui concerne la danse,
pourvu que les églises et leurs pourtours soient res-
pectés. Il permet les bals dans les villes, villages ou
bourgades les jours de fêtes. Ces divertissements sont
autorisés, dit-il, par les saints Pères; et saint Eloi,
évêque de Noyon, ayant voulu les interdire dans son
diocèse, courut risque de sa vie.

Quant aux confréries, elles ne sont point défendues
par les conciles. Le sont-elles par les lois civiles? Savaron cite deux ordonnances, l'une de François Ier, et
l'autre de Charles IX; mais la première ne s'applique
qu'aux artisans et gens de métier, qui dépensaient,
dans ces réunions, l'argent nécessaire aux besoins de
la famille, et la seconde est spéciale à la ville de Lyon,
ville frontière, fréquentée par un grand nombre d'é-
trangers, et dans laquelle, dit Savaron, *pouvaient,
sous telle couleur, se faire menées et monopole préju-
diciables à l'Etat.*

Les synodes particuliers et provinciaux ont ap-
prouvé les vieilles confréries. Les nouvelles, à la vérité, ne peuvent, en vertu d'un synode récent, être
tolérées qu'avec l'approbation des évêques; mais ce
statut qui émane du cardinal Duprat, ne saurait frap-
per la confrérie de *Saint-Yves*, puisque cette confrérie est au nombre de celles autorisées par les synodes
nationaux.

A ce propos, Savaron s'indigne avec raison contre

les mauvais plaisants de son temps, qui ne voulaient accorder à la magistrature et au barreau qu'une seule canonisation, celle du bienheureux saint Yves. Saint Paul était un grand jurisconsulte, saint Jérôme s'exerçait à la déclamation pour plaider un jour au barreau de Rome dont il fréquentait les audiences; saint Ambroise a postulé et a été juge *en belle réputation;* saint Théophile est mort avocat et martyr; saint Sidoine, qui fut préfet de Rome, sénateur et patrice, fut un savant légiste; saint Bonnet, qui fut évêque de Clermont, était instruit en droit, et distribuait la justice avec une grande intelligence; saint Philogonius fut avocat, et se chargeait des causes des mineurs, des pauvres et des malheureux contre les riches et les puissants.

En conscience y a-t-il beaucoup de professions qui puissent se glorifier d'avoir dans le ciel de plus dignes et de plus honorables représentants?

Jusqu'à présent nous avons essayé de faire connaître Savaron comme écrivain et comme savant. Nous allons maintenant le montrer dans la phase la plus importante de sa vie. Le magistrat va devenir homme politique, le savant va se faire orateur parlementaire.

Il y avait quatre ans que Henri IV était tombé sous le poignard de Ravaillac. La régence de Marie de Médicis s'était écoulée au milieu des intrigues de cour et des troubles civils si fréquents pendant les minorités.

Sorti tout récemment de la tutelle de sa mère,
Louis XIII avait voulu, en quelque sorte, inaugurer
sa majorité par la convocation des États généraux. Ces
assemblées avaient eu, dès leur origine, une grande
importance. Aux premières époques de la monarchie,
leur pouvoir dépassait quelquefois la puissance royale,
ou tout au moins marchait de pair avec elle. Alors
les placites généraux conféraient les royaumes, ad-
jugeaient les couronnes, préparaient ou approuvaient
les lois, capitulaires ou ordonnances. La loi salique
fut dressée aux États de Salizon, en 422; Charlemagne demanda à ceux d'Aix-la-Chapelle s'il leur
serait agréable qu'il transmît à Louis, son fils, son
titre d'empereur : « *Rogantes omnes ut nomen suum,
id est imperatoris filio suo tradidisset.* » Plus tard ces
synodes nationaux perdirent beaucoup de leur puissance. Hugues Capet et ses premiers successeurs en
éliminèrent les représentants des classes inférieures
que Charlemagne y avait introduits. Toutefois saint
Louis voulut leur restituer leurs anciens priviléges, en
proclamant comme une maxime du droit public qu'aucun roi de France ne peut se soustraire à l'autorité de
la diète générale, maxime qui se trouve énergiquement formulée dans les capitulaires et qui leur sert de
devise : *Lex fit consensu populi et constitutione regis.*
Mais les princes qui vinrent après lui n'héritèrent
point de ses sympathies pour ces grandes assemblées,
dont le rôle sembla se réduire à présenter des cahiers

et à dresser des doléances. Cependant si elles n'agissaient plus comme pouvoir constituant, elles étaient consultées dans les questions qui touchaient à la sûreté de l'Etat, à la dignité de la couronne et à l'administration financière du royaume. Ainsi, les Etats de 1308, tenus sous Philippe-le-Bel, opinèrent pour la destruction de l'ordre des Templiers, vote célèbre, et qui porta un si rude coup à la suprématie du clergé ; ainsi, l'apanage du frère de Louis XI fut réglé par les Etats de 1467, et l'ajournement de Charles-le-Téméraire au parlement de Paris, décidé par ceux de 1470 : ainsi, en 1593, les Etats généraux qui, sur la proposition du duc de Mayenne, avaient refusé à Philippe de Séga, légat du pape, un droit de préséance dans cette assemblée, proclamèrent le principe que le chef de l'Eglise n'avait aucune autorité sur le temporel du royaume.

Henri IV, pendant tout son règne, n'avait fait qu'un seul appel aux Etats généraux ; ce fut en 1596, et cette réunion des trois ordres serait complétement oubliée sans ces paroles mémorables du bon roi, qui, je crois, nous ont été transmises par Sully : « Je viens » me mettre en tutelle entre vos mains, envie qui » ne prend guère aux barbes grises et aux victorieux » comme moi ; » paroles qui, à coup sûr, ne furent prises au sérieux ni par celui qui les prononçait, ni par ceux à qui elles étaient adressées.

L'ouverture des Etats généraux, convoqués d'abord

à Sens, eut lieu, par un nouvel édit du roi, à Paris, le 14 octobre 1614, en la salle des Augustins. Le clergé y avait envoyé 140 députés, presque tous grands dignitaires de l'Eglise, la noblesse 132, et le tiers-état 192.

Le cardinal de Sourdis fut élu président du clergé, la noblesse choisit M. le baron de Senecey, et le tiers-état M. Robert de Miron, prévôt des marchands.

Dès le début, il fut facile de prévoir que de fâcheux dissentiments éclateraient entre les deux premiers ordres et le troisième. En effet, l'orgueil aristocratique et clérical se manifesta à la séance royale. Ainsi, dans cette séance les députés du tiers furent relégués pêle-mêle sur les derniers bancs, et l'on fut blessé de voir M. le chancelier Sillery, parlant au nom du roi à la noblesse et au clergé, se découvrir, ce qu'il affectait de ne point faire lorsqu'il s'adressait au tiers-état; mais on le fut bien davantage quand on vit le président de Miron répondre, à genoux et nu-tête, au discours de la couronne, tandis que son collègue de la noblesse adressait sa réponse debout et le chapeau à la main.

Une difficulté s'éleva sur la manière de recueillir les voix : les uns voulaient que l'on opinât par tête, les autres par bailliages, les autres par gouvernements; un arrêt du Conseil d'état adopta ce dernier mode de délibération.

La première proposition eut pour objet la surséance

de la paulette. L'on appelait de ce nom le droit annuel payé volontairement par ceux qui voulaient assurer à leurs héritiers la disposition de leurs offices. Cette proposition, qui émanait de la noblesse, frappait les députés du tiers-état dans leur intérêt matériel, car la plupart étaient pourvus des charges de magistrature ou de finances, et il était à craindre, si cette demande était accueillie, que ces charges, rentrant dans la main du roi, ne devinssent l'apanage de la caste privilégiée.

Cependant la réclamation ne fut point repoussée par le tiers-état, qui voulut y ajouter la proposition de supprimer *la vénalité des offices*. La vénalité des offices était, en effet, l'une des plaies de l'ancienne monarchie. Ce trafic sur les places fut poussé à l'excès sous les rois de la première et de la seconde race. Il se perpétua même sous le règne de saint Louis, qui l'abrogea en 1256 ; mais il se reproduisit sous ses successeurs. Les Etats de 1483 parlent de *la vénalité des offices* et frappent *l'annuel* ; cette même vénalité est encore condamnée aux Etats d'Orléans, tenus par Charles IX, en 1560, et aux Etats de Blois, en 1576. Malheureusement, le mal s'était renouvelé sous Henri IV, qui avait promis d'y porter remède. L'assemblée de 1614 avait mission de présenter à ce sujet ses doléances à la couronne, et les députés de la noblesse, en prenant l'initiative en ce qui concernait la surséance de l'annuel, ne répondaient qu'à moitié au vœu de la nation. Le tiers-état comprit qu'il fallait pénétrer plus avant, et attaquer la vénalité.

La noblesse et le clergé demandaient aussi la révocation d'une commission créée par la cour des aides, au mois de septembre 1613. Cette commission était chargée de faire des recherches sur les ecclésiastiques et nobles, pour qu'ils eussent à montrer les quittances du sel qu'ils avaient pris depuis deux années, ce qui, selon eux, était les rendre taillables.

Enfin, le tiers-état voulait que Sa Majesté fût suppliée de surseoir à l'envoi de la commission des tailles, ou tout au moins de les réduire sur le pied de ce qui se payait en 1576, et il demandait qu'il fût également sursis au payement des pensions. Cette dernière proposition, qui tendait à alléger le trésor d'une charge annuelle de 5,660,000 liv., fut vivement combattue par la noblesse, dont elle froissait les intérêts.

Savaron avait été chargé de présenter au clergé et à la noblesse toutes ces propositions, et de les soutenir. Il s'acquitta de cette tâche avec un courage et une éloquence remarquables ; mais il ne put obtenir des deux premiers ordres qu'ils s'associassent à celui dont il était l'organe pour le retranchement des pensions.

Le tiers-état, malgré les démarches réitérées du clergé et de la noblesse, persista constamment dans ses trois propositions, et il nomma une députation à la tête de laquelle fut placé Savaron, pour porter sa requête au roi.

Mais les deux ordres privilégiés avaient gagné de vitesse, et dans une audience qu'ils avaient obtenue de Sa Majesté, ils s'étaient bornés à demander la surséance de l'annuel et l'abolition de la commission des sels.

La députation dont Savaron était le président, fut admise à son tour. Le discours prononcé par le représentant de Clermont a été conservé, et il faut reconnaître que, dans cette œuvre, Savaron fit preuve d'une fermeté et d'un talent de parole qui ne furent surpassés par aucun autre orateur. Tout en s'unissant à la noblesse et au clergé en ce qui concernait le retrait de la commission des sels et la surséance de la paulette, Savaron insista principalement sur la réduction de la taille et sur le retranchement des pensions, devenus pour le trésor une charge accablante ; et il demanda, comme conséquence de la suppression de la paulette, celle de la vénalité. C'est dans ce discours que l'on remarque, à propos des misères du peuple et de l'avidité de la noblesse, ce passage d'une éloquence aussi énergique par la pensée que saisissante par l'expression :

« Que diriez-vous, Sire, si vous aviez vu, dans
» votre pays de Guyenne et d'Auvergne, les hommes
» paître l'herbe à la manière des bêtes. Cette nou-
» veauté et misère inouïe, en votre Etat, ne produi-
» rait-elle pas, dans votre âme royale, un désir digne
» de Votre Majesté pour subvenir à une calamité si

» grande, et cependant cela est tellement véritable,
» que je confisque à Votre Majesté mes biens et mes
» offices, si je suis convaincu de mensonge.

« … Quelle pitié qu'il faille que Votre Majesté
» fournisse par chacun an, 5,660,000 livres, à quoi
» se monte l'état des pensions qui sortent de vos
» coffres. Si cette somme était employée au soula-
» gement du peuple, n'aurait-il pas de quoi bénir vos
» royales vertus.

_ « Si la noblesse, disait encore Savaron, s'est écar-
» tée des honneurs de la judicature, est-ce uni-
» quement droiture et générosité de sentiment qui
» défendent d'acheter ce qui ne doit pas être vendu?
» Non. Mais la noblesse est convaincue, depuis lon-
» gues années, que l'étude et la science affaiblissent
» le courage, et d'ailleurs elle se soucie peu de ce
» qu'il faut acheter fort cher. Elle préfère les choses
» qui dépendent de la générosité du prince, et pour
» l'acquisition desquelles un remercîment suffit. La
» noblesse s'est retirée elle-même de l'honneur : elle
» sert le roi à prix d'argent. »

Le roi répondit que le tiers-état eût à dresser ses
cahiers, et la reine promit de les accueillir favorable-
ment. Mais la hardiesse de ce langage, le persiflage
spirituel qui y régnait, avaient offensé la chambre
aristocratique qui annonça vouloir en référer au roi.
Le clergé s'interposa dans la querelle. L'évêque de
Luçon, qui fut depuis le célèbre cardinal de Riche-

lieu, fut chargé de porter la parole dans l'assemblée du tiers, et il le fit avec cette habileté qui, dans l'orateur parlementaire, révélait déjà le grand homme d'état.

Savaron répondit à l'évêque de Luçon. Son discours ne rétracta aucune des expressions qui avaient excité les susceptibilités de la noblesse. « Il ne m'est rien » échappé, dit le courageux député, qui doive me » soumettre à une réparation..... Il y a vingt-cinq » ans que j'ai l'honneur d'être officier du roi : je » l'ai servi en cour souveraine avant d'être revêtu de » la charge qu'il lui a plu de me conférer. Cinq ans » auparavant j'avais porté les armes, de manière que » j'ai moyen de répondre à tout le monde en l'une » et l'autre profession.

.... « Tout ce que j'ai dit, au surplus, est à » l'avantage de la noblesse, car j'ai principalement » fondé mon discours sur la vénalité des offices *qui* » *avaient occasionné la noblesse de se retirer des hon-* » *neurs.....* Il y a, dit Savaron, deux sortes d'hon- » neurs, l'un faux, l'autre vrai..... Le faux honneur » est celui qui s'achète à prix d'argent, par lequel les » idiots et incapables sont élevés en dignités, *et font* » *ni plus ni moins que le singe travesti, lequel, de* » *sa nature, aime la cime des arbres, et tant plus est* » *haut monté, tant plus fait voir qu'il est singe.....* » Le vrai honneur est celui qui s'acquiert par la vertu.

» Je n'ai point entendu, ajoute l'orateur, parler

» du dernier honneur, sachant bien qu'il y a beaucoup
» de messieurs de la noblesse qui sont compris dans
» le tiers-état, qui savent cultiver l'honneur, et sont
» très-suffisants en leurs charges, lesquelles sont
» anoblies par le mérite de leurs personnes, mais bien
» du premier et faux honneur qui s'acquiert en in-
» voquant *la déesse Pécune* qui ne se distribue pas
» par égalité de mérite, mais par inégalité de fortune.

» Enfin, continue Savaron, la noblesse ne saurait
» se plaindre de ce que j'ai dit que le roi achetait par
» des pensions la fidélité de ses sujets, car je n'ai dé-
» signé personne, pas plus la noblesse que le clergé
» et le tiers-état..... Et il y a des pensionnaires dans
» ces trois ordres (1). »

Après cette réponse il fut décidé qu'une députation
serait envoyée au clergé pour le remercier de son intervention conciliatrice, et à la noblesse pour lui donner l'assurance du désir de vivre en paix avec elle, et
lui déclarer que jamais le tiers-état n'avait eu l'inten-
tion de l'offenser. M. le lieutenant civil fut chargé de
présider cette députation.

Comme ce magistrat se disposait à remplir sa mis-

---

(1) Cette dernière partie de la réponse de Savaron est tout à
fait contradictoire avec le passage du discours que nous avons
cité plus haut. Savaron avait dit très-explicitement que la noblesse *servait le roi à prix d'argent*, ce qui, du reste, était
vrai.

sion, un nouvel incident vint encore envenimer le débat. Un gentilhomme avait dit qu'il fallait abandonner Savaron aux pages et aux laquais. Ce propos ayant été rapporté, il fut arrêté qu'avant toute démarche auprès de la noblesse, la députation irait au clergé pour le remercier de son intervention, et savoir de messieurs de l'autre ordre, s'ils entendaient avouer les paroles insolentes attribuées à l'un des leurs.

Le lieutenant civil se présenta dans l'assemblée du clergé, et y exposa le grief dont se plaignait le tiers-état. L'archevêque d'Aix qui présidait, promit le concours de son ordre pour vider ce nouveau conflit. Le lendemain il se rendit, en effet, en la chambre du tiers, et y résuma la plainte de la noblesse au sujet de la harangue de Savaron, mais il ne dit rien des paroles qui avaient si justement offensé le tiers-état. M. de Miron se plaignit de cette omission, et le représentant du clergé en ayant référé à sa chambre, vint déclarer que s'il n'avait rien dit des paroles du gentilhomme, *c'est qu'elles avaient paru si indiscrètes, si impertinentes, si téméraires, qu'elles n'étaient avouées de personne, et que quant à lui, il n'osait les prononcer.*

Après cette explication, l'assemblée décida que M. le lieutenant civil se rendrait auprès de la noblesse, pour lui donner, dans les termes qu'il jugerait convenables, la satisfaction exigée.

M. de Miron remplit cette mission; mais son discours fit naître une querelle plus sérieuse encore que

la précédente, car il débuta en disant que les trois ordres étaient trois frères, enfants d'une mère commune
qui était la France; qu'au premier (le clergé) était
arrivée en partage la bénédiction de Jacob et de Ré-
becca, ayant obtenu et emporté le droit d'aînesse;
qu'au second, représenté par la noblesse, étaient
échus les fiefs, comtés et autres dignités de la couronne, et au cadet qui était le tiers, les charges de la
judicature, et il termina en développant cette pensée
qui, aujourd'hui, semblerait peut-être une trivialité:
« S'il est vrai que la noblesse donne la paix à la France,
» le tiers-état, en administrant la justice, la donne
» aux familles; et il se trouve bien souvent *que les*
» *aînés ravalent les maisons, et que les cadets les re-*
» *lèvent.*

La noblesse protesta *contre ces paroles outrecuidées*
qui tendaient à faire supposer une filiation commune
entre elle et le tiers-état : puis elle décida qu'elle
porterait sa plainte aux pieds du trône; car, disaient
ses représentants : « Nous repoussons toute parenté
» avec le tiers, *et nous ne voulons pas que les enfants*
» *des cordonniers et des savetiers nous appellent*
» *frères: il y a autant de différence entre nous et le*
» *tiers-état qu'entre le maître et le valet.* »

Quant à l'assemblée du tiers, elle remercia son
président du discours qu'il avait prononcé, et ordonna qu'il serait consigné sur ses registres.

La noblesse tint parole: elle députa au Louvre

pour porter plainte de ce *que des hommagers et
justiciables des deux premiers ordres , des bour-
geois , marchands et quelques officiers les avaient
abaissés jusqu'à ce point de prétendre avec eux la
plus étroite société qui soit parmi les hommes, celle
de la fraternité.*

Cette querelle qui devait se renouveler cent soixante-
quinze ans plus tard , mais avec une péripétie et un
dénoûment bien autrement dramatiques, se termina
dans l'assemblée par une déclaration faite au nom de
la chambre populaire, portant en substance que l'in-
tention du tiers n'avait point été de blesser la noblesse ; qu'il avait toujours eu, au contraire, la volonté
de l'honorer et de la servir ; et dans le public, par
ce quatrain , qui est devenu une prédiction :

> O noblesse ! ô clergé ! les aînés de la France ,
> Puisque l'honneur des rois si mal vous soutenez,
> Puisque le tiers-état en ce point vous devance ,
> Il faut que vos cadets deviennent vos aînés (1).

Les États s'occupèrent d'un grand nombre de
réformes. Tous les jours les cahiers des provinces
étaient lus dans chaque chambre ; mais comme, en
général , le travail était fait sans aucune vue d'en-
semble , il ne sortait des discussions qui s'engageaient

(1) Revue de Législation ; Rapport de M. Amédée Thierry ;
Concours au prix d'histoire sur les Etats généraux. — Mai et
août 1844.

sur ces lectures aucune solution importante (1).

Le ministre annonça pourtant aux trois ordres appelés en conférence qu'en répondant aux cahiers, le
roi pourvoirait à la surséance de l'annuel, et à la demande relative au retranchement des pensions.

A l'égard de la réduction de la taille, l'état du
trésor ne permettait point, quant à présent, d'y faire
droit.

Une proposition obtint l'assentiment des États;
elle avait pour objet la création d'une juridiction ex-
ceptionnelle pour la recherche des *financiers, partisans et autres sortes de gens malversantes ou ayant
malversé au fait des finances.*

Le roi accorda cette juridiction, mais sous la condition que les juges seraient tirés des compagnies
souveraines, et qu'il leur serait adjoint un pareil
nombre pris parmi les députés de la noblesse.

Peut-être est-ce le cas de rappeler, dans cette analyse des travaux des Etats de 1614, et comme un
fait qui se rattache à l'histoire de notre province, le
débat qui s'engagea d'abord entre le député de Saint-
Pierre-le-Moustier, et MM. Savaron et de Murat,
députés de Clermont et de Riom, et celui qui eut
lieu, quelques jours plus tard, entre ces deux représentants des deux villes rivales.

---

(1) *Sismondi*, Histoire des Français.

Le député de Saint-Pierre réclamait la préséance pour son bailliage sur la sénéchaussée d'Auvergne. Dans une séance suivante les bailliages du Bourbonnais, du Forez et du Beaujolais joignirent leurs prétentions à celles de Saint-Pierre. L'assemblée décida que ces différentes juridictions garderaient le rang qu'elles avaient aux Etats précédents. Ainsi Riom et Clermont perdirent leur procès.

Le second différend avait aussi pour objet une question de préséance entre la sénéchaussée d'Auvergne et celle de Clermont. M. de Murat la réclamait pour Riom contre Savaron qui la revendiquait pour la capitale de l'Auvergne. Il fut résolu que les députés seraient ainsi enregistrés : *Les lieutenants-généraux des sénéchaussées du bas-pays d'Auvergne et autres députés*, ce qui laissait sans solution le litige entre les deux villes depuis si longtemps en querelle.

Une question d'une toute autre gravité fit naître de vifs dissentiments, et sépara complétement du tiers-état le clergé, qui, jusqu'à ce moment, avait joué le rôle de médiateur dans les discussions que cet ordre avait eu à soutenir contre la noblesse.

Le premier article inséré aux cahiers des diverses provinces, disposait comme loi fondamentale « que » le roi de France ne tenait immédiatement sa cou- » ronne que de Dieu ; qu'il n'y avait puissance en » terre, quelle qu'elle fût, qui eût droit au temporel » du royaume, directement ou indirectement ; que

» l'opinion qu'il est loisible de tuer ou déposer nos
» rois, se lever et rebeller contre eux est impie,
» détestable, contre vérité..... »

Cette déclaration devait être jurée et signée par les
députés des Etats, et à l'avenir par tous les bénéficiers
et officiers du royaume. Tous précepteurs, régents
et prédicateurs avaient ordre de l'enseigner, et tous
livres professant le contraire devaient être tenus pour
séditieux et condamnables, leurs auteurs et adhé-
rents, pour ennemis jurés de la couronne, et crimi-
nels de lèse-majesté au premier chef.

L'université de France s'était associée aux principes
proclamés dans cet article, et en avait fait elle-même
l'objet d'une proposition directe.

Le clergé obtint d'abord que le projet de l'article
lui fût communiqué, et qu'avant d'en arrêter défini-
tivement la rédaction, l'on entendît ses raisons pour
l'impugner et *le débattre.*

Le cardinal Duperron, qui appartenait à la compagnie de Jésus, fut chargé de la discussion. Ce prélat s'attacha à établir que l'article contenait une hérésie, en ce qu'il mettait en question la suprématie
de Rome sur les rois de France, et il déclara que plutôt que d'y apposer sa signature, il se laisserait couper
le poing, ajoutant que tout le clergé de France était
disposé à subir le martyre ou à quitter le royaume, si
on voulait le contraindre à prêcher une telle doctrine

qui mènerait au misérable état de l'Eglise d'Angleterre.

Quant à la partie de la déclaration qui s'appliquait
au droit de tuer le roi, le clergé était prêt à jurer,
à prêcher et à enseigner la résolution qui s'y trouvait consignée; mais, disait le cardinal Duperron, jurer tout l'article serait exposer la personne du roi ;
car ce serait le séparer du pape, et exciter tous les
étrangers et beaucoup de Français à conspirer contre
sa vie.

La noblesse accepta cette déclaration, dans laquelle
il faut relever la singulière distinction faite par le cardinal Duperron, en ce qui touche le droit de tuer les
rois : « L'Eglise, dit l'orateur du clergé, admet qu'il
» faut distinguer entre les tyrans d'usurpation et les
» tyrans d'exercice. Ces derniers seraient-ils même
» hérétiques comme le roi d'Angleterre, ne peuvent
» être occis par leurs sujets; mais il n'en est pas
» de même des tyrans d'usurpation.

Le parlement ayant appris qu'une telle matière
était mise en discussion, se réunit, sous la présidence
de Mathieu Molé, et rendit, sur les conclusions de
l'avocat-général Servin, un arrêt qui ordonna l'exécution des différentes décisions rendues à ce sujet, faisant défenses à toutes personnes, de quelque qualité
et condition qu'elles fussent, d'y contrevenir *sous les
peines contenues en iceux.*

L'intervention du parlement ne fit qu'irriter le clergé, et le rendre plus ardent dans ses prétentions ; car, le jour même de la prononciation de l'arrêt, M. le cardinal Duperron se présenta dans l'assemblée du tiers, et y soutint avec la plus grande vivacité la suprématie du spirituel sur le temporel, le droit exclusif de réglementer ce qui tenait à la discipline de l'Eglise, considérant comme tout au moins problématique le pouvoir de déposer les rois et délier leurs sujets du serment de fidélité.

M. de Miron répondit à la harangue du cardinal qui répliqua à son tour.

Quelques jours plus tard, le prélat se présenta de nouveau dans l'assemblée du tiers, et revenant sur ce qu'il avait dit au sujet de la puissance du pape, il déclara que, pour lui, rien n'était problématique dans la question ; que l'autorité du chef de l'Eglise était pleine et directe au spirituel, et indirecte au temporel ; que ceux qui soutiendraient le contraire, étaient schismatiques et hérétiques ; que si le roi ne cassait l'arrêt du parlement, il avait charge de dire que le clergé sortirait des Etats, et qu'étant ici comme concile national, les prélats excommunieraient tous ceux qui dénieraient au pape le pouvoir de déposer les rois.

Il était évident qu'un tel discours ne pouvait qu'envenimer le débat. Aussi ne put-on s'entendre sur la rédaction de l'article.

Mais les menaces du cardinal retentirent au Louvre;

et le 6 janvier 1615, le roi rendit un édit qui évoqua l'affaire, sursit à l'exécution des arrêts, et défendit aux Etats de s'en occuper à l'avenir.

Cette défense n'empêcha cependant point le tiers-état de mettre en délibération si l'on ne supplierait pas Sa Majesté de permettre que l'article fût inséré aux cahiers. Les voix, sur cette proposition, furent recueillies par provinces, et le retrait de l'article fut décidé. Mais comme cette décision paraissait, au dire d'un grand nombre de membres, ne pas avoir reçu l'assentiment de la majorité, elle fut frappée d'opposition, et Savaron se montra, dans cette circonstance, l'un des plus énergiques opposants. Toutefois il ne put se faire entendre dans l'assemblée, quoiqu'il y parût assisté de 120 députés qui, comme lui, protestaient contre la délibération.

Cette lutte entre le clergé et le tiers-état, curieuse sous le rapport du fond du litige, l'est bien plus encore sous celui de la forme même de la discussion. Ce n'était pas, en effet, chose facile que d'avoir raison contre un logicien tel que le cardinal Duperron, qui, après avoir épuisé toutes les subtilités de la dialectique théologale, ne trouvait rien de mieux, pour achever de vous convaincre, que de vous déclarer schismatique et hérétique, et de vous jeter à la tête, comme dernier syllogisme, une menace d'excommunication. Aussi voyez comment il fallait s'y prendre pour entrer en lice avec le clergé. L'épisode est, à coup sûr, l'un des plus intéressants de la session.

Un orateur du tiers, M. de Marmesse, tenait à établir que si le pouvoir temporel n'avait aucune autorité pour toucher à la doctrine de l'Eglise, il était compétent dans les questions de discipline et de police. Or, pour faire accepter le débat sur ce terrain, M. de Marmesse débute en comparant les prélats aux chérubins d'Ezéchiel, lesquels avaient des *ailes et des mains attachées au-dessous qui regardaient la terre ;* et comme il fallait montrer en quoi les prélats qui avaient bien des mains, mais qui n'avaient point des ailes, ressemblaient pourtant aux chérubins d'Ezéchiel par les mains, et surtout par les ailes, l'orateur n'est point embarrassé. « *Les ailes*, dit-il, sont pour
» faire voir que c'est à vous seuls qu'il appartient de
» traiter les mystères les plus hauts, lesquels le reste
» des hommes ne peut ni entendre ni connaître ; que
» votre occupation ordinaire est d'être dans le ciel,
» *de traiter avec Dieu, de le manier comme il vous*
» *plaît.....* »

Voilà pour les ailes ; maintenant voici pour les mains : « *Les mains*, continue M. de Marmesse, qui
» sont placées au-dessous des ailes, et qui regardent
» la terre, signifient que si, pour la gloire de nos
» âmes, vous êtes dans le ciel, de même pour le
» bien des hommes, pour l'assurance de leur fortune,
» pour le repos de leur vie passagère, vous devez être
» quelquefois en la terre, et avoir pour agréable

» que quelqu'une de vos actions qui sont représen-
» tées par les mains, regarde la conservation des
» ordres de l'Etat. »

Après avoir comparé les prélats aux chérubins
d'Ezéchiel, et leur avoir reconnu le privilége de *traiter avec Dieu et de le manier comme il leur plaît*, il
était assez facile de leur faire comprendre qu'ils étaient
d'une substance divine, et que par cette raison eux
seuls pouvaient toucher aux matières du dogme. Cette
fois l'orateur ne prend pas la peine de s'adresser aux
prophètes pour établir sa thèse : il la trouve tout uni-
ment dans l'histoire profane. C'est Caligula qui va
faire les frais du complément. Nous copions textuellement. « Il n'est permis qu'aux dieux de voir les dieux,
» disait Caligula devant Suetone : c'est à nous de
» croire et à vous d'enseigner..... *C'est par vous
» seuls que Dieu se laisse manier*..... Et si ancien-
» nement Alexandre ne pouvait être pourtrait d'autre
» main que d'Appelles, il n'est pas raisonnable que
» d'autres que vous puissent traiter des points de foi. »

Tout cela est fort ingénieux, et il est évident que
le cardinal Duperron, qui avait des ailes et des
mains comme les chérubins d'Ezéchiel, et participait
à la nature divine selon Caligula, devait avoir bien
mauvaise grâce, lui qui traitait avec Dieu et le ma-
niait à sa guise, de refuser au tiers-état le droit de
s'occuper un peu de ces misérables questions de discipline et de police qui se tranchaient alors avec le

couteau de Jacques Clément le Jacobin ou le poignard de l'ex-Feuillant Ravaillac. Il est douteux pourtant que nos prélats d'aujourd'hui, hommes d'esprit et de bon goût, et qui n'ont pas plus les prétentions de ressembler aux prélats d'Ezéchiel que le désir d'être complimentés par Caligula, même devant Suétone, fussent bien flattés de rencontrer souvent des dialecticiens, et surtout des panégyristes de la force de M. de Marmesse.

Ces citations, extraites littéralement du procès-verbal des séances (1), font voir quelle était la dépendance du tiers-état, et combien il lui était difficile d'exprimer une opinion indépendante sur certaines questions, dans lesquelles il était en dissidence avec le clergé. Elles montrent aussi quelle singulière érudition alimentait alors l'éloquence parlementaire. Ce mauvais goût, au surplus, se retrouve dans la plupart des productions de cette époque, discours politiques, plaidoyers d'avocats, sermons de prédicateurs. La tribune, le barreau et la chaire ressemblent à un vaste arsenal jonché d'armes de toutes les formes, de tous les calibres, offensives ou défensives, sur lesquelles se précipitent des milliers de combattants, sans s'inquiéter si celles dont ils vont s'emparer, iront à

(1) Florimond Rapine, États généraux de 1614.

leur taille, à leur force et surtout à l'usage qu'ils voudront en faire.

Voilà ce que j'avais à dire sur la part que prit Savaron aux travaux des Etats de 1614. Cette assemblée qui fut la dernière de l'ancienne monarchie, indiqua des réformes à faire, des améliorations à opérer. Malheureusement elle trouva des résistances dans les hautes régions du pouvoir. Ainsi, l'abolition de la paulette et de la vénalité fut contrariée par les cours souveraines, qui virent dans son exécution une atteinte portée à des droits acquis. Grand nombre de personnes, disait-on, avaient acheté des offices dans la magistrature et la finance, à un prix excessif, avec l'assurance de les conserver dans leurs maisons, et de pouvoir en trafiquer comme chose vénale, et il y aurait injustice à faire rentrer ces offices dans la main du roi qui, après avoir reçu le prix, aurait encore la chose vendue, et d'ailleurs la suppression de la paulette n'aurait-elle pas l'inconvénient plus grave encore d'énerver l'autorité royale par la facilité donnée aux princes et seigneurs de se procurer des créatures dans les provinces en les faisant pourvoir des offices vacants.

Quant aux recherches sur le sel, l'opposition vint de la noblesse et du clergé qui se trouvaient frappés dans leurs intérêts par la mise à exécution de cette mesure.

Ainsi les Etats de 1614 n'eurent, en réalité, aucun résultat utile pour le pays. Cependant ils mirent en relief quelques hommes et quelques idées.

L'on a dit que la pensée du tiers-état, dans cette assemblée, était une pensée de consolidation de l'autorité royale : je crois cette assertion complétement vraie (1). Au temps de Savaron, l'autorité royale était, en effet, entravée par les exigences de la noblesse et les prétentions ambitieuses du clergé qui aspirait à la domination temporelle. Le tiers-état s'éleva contre ces prétentions et ces exigences, car il voyait bien qu'il n'avait rien à gagner dans l'extension du pouvoir, déjà si étendu, conféré à ces deux ordres. Pour lui mieux valait un maître absolu que des milliers de despotes. Quant aux abus signalés dans les cahiers, ils étaient immenses, et jamais les plaintes du peuple n'eurent un fondement plus légitime. Sous ce rapport, l'on ne saurait donner de trop grands éloges à notre compatriote pour l'énergie qu'il déploya dans l'assemblée des Etats, lorsqu'il y parut pour y faire éclater les justes supplications de la province dont il était le délégué.

---

(1) « Si la noblesse, disait M. le président de Miron, orateur
» du tiers, est venue en ce lieu faire, avec le clergé, profession
» commune, le roi, du moins, pourra donner cette louange au
» tiers-état, que c'est lui qui a défendu l'autorité souveraine, et
» que c'est parmi le peuple que la royauté aura posé ses der-
» niers pas : *Ultima per vulgus vestigia fixit.* »

Mais n'est-ce pas un peu trop grandir la stature de Savaron que d'affirmer, comme l'auteur de l'*Essai*, *que ce député a contribué à former Richelieu, et qu'il a préparé Sieyès*. Sans doute que l'attitude prise par la noblesse et le clergé dans les Etats généraux, durent faire comprendre à Richelieu l'utilité pour la royauté de se prémunir contre les tendances et les ambitions des deux ordres privilégiés; et si M. Doniol a voulu exprimer que Savaron, qui était l'un des membres les plus énergiques du tiers, en signalant ces tendances et en combattant ces ambitions, dût raffermir plutôt que faire naître dans l'évêque de Luçon le désir de les combattre à son tour, quand viendrait le jour d'une puissance dont son génie lui révélait peut-être alors le prochain avénement, je suis entièrement de cet avis; mais s'il a voulu établir des analogies historiques entre ces trois hommes, je ne saurais y souscrire. Et d'abord je ne crois pas qu'il y ait jamais eu deux personnages politiques plus opposés de vues et de desseins que le cardinal de Richelieu et le constituant Sieyès; et s'il pouvait être exact d'affirmer que le grand ministre de Louis XIII s'était formé à l'école de Savaron, il faudrait, à coup sûr, reconnaître que les leçons du professeur auraient été bien différemment interprétées par l'auteur de la fameuse brochure : *Qu'est-ce que le tiers?* Savaron a, dit-on, contribué à former Richelieu; en vérité, s'il en était ainsi, avouons que notre compatriote eût été un bien grand maître en fait de despotisme, et que Louis XI et Catherine de Médicis n'eussent pas fait un meilleur élève. Il y eut, sans doute, un trait de ressemblance entre ces deux représentants aux Etats de 1614, c'est que tous deux firent la guerre à la noblesse : mais voyez la diffé-rence..... Cette guerre, Savaron la fit dans le double intérêt de la royauté et du peuple ; car pour Savaron, homme du tiers-état, le peuple était une réalité. Ri-chelieu, au contraire, n'attaqua la noblesse que pour fonder le pouvoir absolu. Le peuple n'entra pour rien dans les actes de cette politique inexorable. Pour Ri-chelieu il y avait un roi et des seigneurs, il n'y avait pas de peuple. Richelieu abattit les seigneurs comme Louis XI avait abattu les grands vassaux, non point parce qu'ils étaient les oppresseurs du peuple, mais parce qu'ils masquaient son horizon, et qu'ils obs-curcissaient son soleil. Il mit à mort la vieille monar-chie aristocratique, non point parce qu'elle était antipathique à la nation, mais parce qu'elle l'empêchait de fonder l'unité monarchique comme la concevait sa raison d'homme d'état. Tel fut Richelieu. Quant au républicain Sieyès, il est certainement tout aussi dif-ficile de deviner en lui le disciple de Savaron. Qu'é-tait, en effet, la royauté pour Sieyès, sinon une dé-légation de la souveraineté populaire ? Qu'était-elle pour Savaron ? Une émanation de la puissance divine. Savaron et Sieyès voulurent certainement, l'un et l'au-tre, l'intervention du peuple dans les affaires du pays ;

mais cette intervention, ils la demandèrent dans une mesure et dans un but tout à fait différents. Savaron la sollicita pour fortifier la royauté qu'il croyait affaiblie par les deux ordres privilégiés; Sieyès la réclama, au contraire, pour énerver cette royauté dont, au fond, il ne voulait pas; pour la dépouiller du prestige de son origine et la réduire aux proportions d'un mandat purement humain. Savaron et Sieyès furent tous les deux les hommes de leur temps, tous les deux répondirent aux besoins et aux idées de leur époque; tous les deux eurent la fibre populaire; mais chez l'un cette fibre vibrait aux poétiques inspirations du christianisme, et chez l'autre aux logiques déductions de la philosophie du dix-huitième siècle : ainsi Savaron plaçait la couronne sur le maître-autel de l'église de Rheims, tandis que Sieyès la mettait sur le bureau du président de la Constituante. Voilà comment nous comprenons les deux représentants du peuple aux Etats de 1614 et de 1789.

La vie politique de Savaron se résume dans sa participation aux travaux des Etats de 1614. Rendu à ses études de magistrat et de savant, il crut devoir justifier, par ses écrits, quelques-unes des opinions qu'il avait soutenues par ses discours. Ainsi il publia son Traité de l'*Annuel et de la vénalité des offices*, ouvrage qui n'est au fond que le développement historique des idées émises par le député sur cette importante matière. *La Chronologie des États généraux* parut la même année. Cet écrit qui présente le tableau fort abrégé, il est vrai, mais très-exact, des principales décisions prises dans ces grandes assemblées depuis l'origine de la monarchie jusqu'en 1614, renferme des documents précieux et doit être consulté par ceux qui s'occupent de la législation du pays. Savaron y réfute l'opinion de quelques écrivains qui refusent au tiers son entrée dans les assemblées des Etats avant le règne de Charles VIII, en se fondant sur ce que les auteurs qui ont parlé des précédentes assemblées ne mentionnent jamais que les prélats, comtes et barons. Cela est une erreur, selon Savaron. Si ces écrivains avaient lu avec plus d'attention les ouvrages qu'ils citent, ils y auraient vu que la plupart parlent aussi des députés des bonnes villes, ce qui évidemment correspondait aux délégués du tiers-état. Savaron nous apprend également que ce sont les Etats généraux qui ont établi ces trois maximes, qui faisaient alors la base de notre droit public :

1°. Qu'aucun Français ne doit subir les lois et la domination de nul autre que de Dieu et du roi ;

2°. Que le temporel du royaume n'est point sujet aux puissances spirituelles, et que le roi ne saurait l'y soumettre ;

3°. Que le serment prêté par le roi de France, à son sacre, de garder son domaine, le lie si étroitement qu'il le dégage de tout autre qui lui serait contraire.

La querelle qui s'était engagée aux Etats généraux
entre le clergé et le tiers-état, au sujet de la souveraineté du roi, ne s'était point renfermée dans les
limites des chambres; elle avait fait explosion au
dehors. L'on sait que Savaron y avait pris une part
active; mais pour lui ce n'était point assez, il crut devoir, sur cette question, compléter son mandat, en
livrant son opinion à la publicité, et il fit paraître un
Traité sur *la souveraineté du roi et de son royaume*.
Cet écrit, il l'adressa à MM. les députés de la noblesse.
Rappeler aux gentilshommes français leur ancienne
fidélité, leur montrer qu'à toutes les époques ils
avaient combattu à côté du roi, et que leur dévouement n'avait jamais fait défaut à la couronne, même
dans ses luttes contre la tiare, semblait à Savaron le
moyen de détacher la noblesse du clergé. Son attente
fut trompée. La fougueuse parole du cardinal Duperron, ses menaces d'excommunication, eurent plus
d'autorité que la dialectique nerveuse, la science historique et les généreux élans du député de Clermont.
Le livre de Savaron fut l'objet des plus violentes atta-
ques. On reprocha à l'auteur d'être tombé dans l'erreur des dix-neuf hérétiques; on le représenta comme
un homme de foi suspecte, ce qui, pour ce magistrat si religieux, était la plus cruelle comme la plus
injuste accusation. Quelque passionnées que fussent
ces critiques, elles n'étaient pourtant point de nature
à faire dévier Savaron de la ligne qu'il s'était tracée.

La controverse d'ailleurs allait à son caractère et à la trempe de son esprit. Après la dissolution des Etats, il publia un second Traité sur le même sujet, et plus tard il mit le complément à cette publication en faisant paraître un écrit de quelques pages qu'il dédia à Louis XIII, sous le titre *de la Souveraineté du roi*.

Si aujourd'hui un écrivain jetait dans le public un livre sur cette question : Est-il permis au roi d'aliéner sa souveraineté, c'est-à-dire de céder sa couronne à un prince étranger? il est probable que l'auteur ni le livre ne seraient pris au sérieux. Cette thèse pourtant, il y a deux siècles, préoccupait de graves esprits, non point que l'on craignît alors qu'il se rencontrât un souverain capable de renouveler le scandale donné au monde par Charles VI en cédant son royaume au roi d'Angleterre; mais les prétentions de Rome inspiraient des inquiétudes, et les susceptibilités nationales s'en étaient vivement émues. Il est curieux de voir sous quel point de vue est envisagée par le publiciste la question qui fait l'objet de cet opuscule. Pour Savaron, la souveraineté du roi est une délégation de la souveraineté divine; elle ne saurait donc entrer en partage avec personne; et comme c'est Dieu lui-même qui en a fait le dépôt, entre les mains du monarque, toute violation de ce dépôt est le plus grave des sacrilèges; c'est un crime contre la majesté de Dieu. A côté de ce principe, l'auteur en place un autre qui, pour avoir une origine moins sa-

crée, lui paraît tout aussi peu susceptible de discussion. Le royaume de France est un grand fief dont
le roi est le seigneur dominant : or, il n'est pas douteux, selon l'avis des plus savants docteurs, que le
seigneur dominant ne peut céder et aliéner ses vassaux à un seigneur plus grand ou inférieur. Le roi de
France qui n'a point de supérieur en puissance ne
saurait donc soumettre ses sujets à toute autre domination que la sienne. Telle est, au surplus, la loi du
serment qu'il a prêté à son sacre, et ce serment l'o-
blige si étroitement qu'il le dégage de tout autre qui
lui serait contraire. Comme on le voit, les prétentions
du pape sur le temporel du royaume, se trouvent ici
formellement combattues par Savaron.

Mais l'auteur tenait surtout à établir que la noblesse
et le clergé lui-même avaient anciennement protesté
contre ces prétentions : un fait historique vient mer-
veilleusement à l'appui de sa thèse. Ce fait se passa
aux Etats de 1301, tenus sous Philippe-le-Bel : Boniface VIII occupait le trône pontifical. Ce pontife
soutenait son droit de souveraineté sur le royaume
de France. Les députés de la noblesse et du tiers dé-
clarèrent au roi « qu'ils étaient prêts d'exposer entière-
» ment leurs biens, et offraient leurs personnes et leurs
» vies, *jusqu'à la mort*, disposés qu'ils étaient à
» subir le martyre ou tout genre de supplice, adjou-
» tant en paroles plus expresses et de vive voix que
» si le roi (qu'à Dieu ne plaise !) voulait passer sous

» dissimulation cette entreprise sur sa souveraineté,
» ils ne le souffriraient nullement. » Les députés du
clergé s'associèrent à cette manifestation.

Les barons de France et députés de la noblesse
en écrivirent au collége des cardinaux. Le clergé cau-
tionna la fidélité des nobles qui, eux-mêmes, se ren-
dirent *pleiges* de celle du commun peuple, et ils
firent entendre ces courageuses paroles qui sont rapportées par Savaron : « Et bien voulons que soyez
» certains que par vie ne par mort, ne nous dépar-
» tirons, ni ne veons à despartir de ce procès, *et fust*
» *ores que le roi notre sire le voulsit bien.* »

La résistance de la noblesse et du clergé, et la
simultanéité de leurs efforts pour s'opposer aux vues
ambitieuses de Rome, et maintenir les libertés de
l'Eglise gallicane est un fait qui peut-être paraîtra
extraordinaire, rapproché de ce qui se passe sous nos
yeux à plus de cinq siècles de distance. Le patriotisme
ne suit pas toujours, en effet, le progrès des lumières
et la marche ascendante de la civilisation.

Il était difficile de combattre Savaron sur le terrain
qu'il s'était choisi : aussi ses adversaires voulurent-ils
déplacer la question. On lui dit : « Sous prétexte de
» discourir sur la souveraineté du roi qui n'est point
» en cause, vous avez fait une levée de boucliers
» contre le clergé; vous avez excité la noblesse à se
» séparer du chef et des principaux membres de la
» sainte Eglise, car vous avez dit *que l'espée française*

» *avait rabattu les coups du glaive spirituel*. Cet ap-
» pel à l'espée mise entre les mains de la noblesse
» pour défendre la religion dans la personne de son
» chef et de ses ministres, vous ne l'avez fait que
» pour la solliciter à s'en servir contre eux. » Il y
avait certainement peu de loyauté à prêter à Savaron,
l'un des hommes les plus religieux de son temps, une
telle pensée, et déjà il était évident que sur le fond
on déclinait le combat; mais si l'on renonçait à réfuter l'auteur sur la thèse principale, il fallait au moins
s'efforcer de lui donner tort sur quelques points ac-
cessoires de son livre.....

Il y avait alors dans le monde savant un genre de
crime auquel le code de la critique n'accordait point
le bénéfice des circonstances atténuantes : ce crime
était celui de *lèse-érudition*. Il était permis de mal
raisonner; il ne l'était point de mal interpréter un
texte, de se tromper sur un nom, d'errer sur une
date. Etablir que Savaron s'était mépris dans quelques-unes de ses citations bibliographiques ou littéraires, était, à coup sûr, enlever à son livre une grande
partie de son autorité. Un savant Angevin, du nom
de Jean Lecoq, se chargea de cette besogne (1). Il
s'attacha au Traité de Savaron, l'éplucha phrase par
phrase, et écrivit un volume de près de trois cents pages,

---

(1) Voir les notes à la suite, lettre D.

pour démontrer que l'auteur s'était rendu coupable
du crime alors au ban de la critique. Savaron n'était pas
homme à refuser le cartel. L'accusation d'ailleurs était
grave : vous allez en juger par quelques-uns de ses chefs
que nous prenons au hasard. Me Jean Lecoq reprochait
à Savaron, entre autres énormités, d'avoir dit que la
reine Cléopâtre avait jadis confié la garde de son corps
à la noblesse, en quoi il avait fait preuve de grande
ignorance, ayant pris Cléopâtre pour Alexandra, laquelle, selon Eusèbe, fut femme d'Alexandre, roi
des Juifs, et mère d'Hyrcanus et d'Aristobolus. Mais
ce n'était pas tout, Savaron avait eu le malheur d'a-
vancer que l'empereur Néron avait des Gaulois pour la
garde de sa personne, et il s'était abusé au point de
confondre de simples cavaliers (*equites*) avec des chevaliers Romains *(viros ex equestri ordine)*, ce qui allait directement contre le texte de Xiphilien. Peut-
être encore lui aurait-on pardonné cette faute, tout
impardonnable qu'elle est en réalité, si en citant une
médaille de l'empereur Sévère, il n'avait point affir-
mé que cette médaille avait été frappée à Lyon, ce
qui était faux, le nom de la ville se trouvant au pour-
tour, au lieu d'être au bas de la médaille. Et tout
cela, au fond, n'était encore que bien peu de chose
comparé à cette autre accusation : Savaron n'avait-il
pas osé soutenir sur la foi de Me Guillaume Ockam,
docteur en théologie à l'Université de Paris, et sur le
témoignage de l'auteur du Songe du Verger, que le

roi, souverain seigneur de la noblesse française, ne reconnaît de supérieur que Dieu seul, ce qui pouvait être vrai, selon M⁰ Jean Lecoq, mais ce que Savaron aurait dû se dispenser de dire *sur la foi de M⁰ Guillaume Ockam*, ce docteur s'étant déclaré l'ennemi juré du pape Jean XXII, et de plus ayant été excommunié pour s'être rendu fauteur des *fratricelles* atteintes et convaincues d'hérésies. Tel était le débat engagé entre M⁰ Jean Lecoq et l'auteur du Traité de la souveraineté du roi.

Sur tous ces griefs, Savaron aurait pu répondre : J'accorde que je me suis trompé sur la reine Cléopâtre et sur sa garde noble, sur l'empereur Néron et ses cavaliers ou chevaliers ; même sur la médaille de l'empereur Sévère, et je conviens que j'ai eu tort de citer M⁰ Guillaume Ockam, puisqu'il avait le malheur d'être mal noté en cour de Rome ; mais qu'est-ce que tout cela fait à la question : « Répondez-moi si vous croyez que le roi soit maître chez lui, et qu'il puisse en être chassé par le pape ? » Malheureusement Savaron était homme érudit, et il comprenait qu'en faisant une concession sur un texte, il compromettait sérieusement le succès de sa thèse. Alors il prouva contre M⁰ Jean Lecoq que Cléopâtre n'était point Alexandra, mère d'Hyrcanus et d'Aristobolus, et qu'à moins de donner un démenti à Egésippe, il n'était pas possible de refuser à cette reine quatre cents Gaulois pour gardes du corps ; il établit avec Xiphilien, que les satellites.de Néron étaient Gaulois, ce qui, comme on le voit, était un insigne honneur pour notre nation; il démontra aussi que la médaille de l'empereur Sévère avait bien été frappée à Lyon, quoique le nom de cette ville fût inscrit circulairement; quant à Guillaume Ockam, Savaron concéda à Me Jean Lecoq, la rancune du docteur en théologie contre le pape Jean XXII, tout en faisant remarquer que ce pape n'avait rien à faire dans la querelle, puisque l'opinion du docteur avait été émise à l'occasion d'un débat entre Boniface VIII, son prédécesseur, et le roi de France, ce qui, à moins de donner un effet rétroactif à la rancune du théologien, ne permettait pas de douter de son impartialité.

Cette polémique peut paraître aujourd'hui fort puérile et surtout très-peu concluante; mais telle était la critique de l'époque, et l'on comprend que le caractère qu'elle avait, était la conséquence forcée de la nature des études auxquelles on se livrait alors.

Le représentant de la cité de Clermont aux Etats généraux ne vécut que peu d'années après la dissolution de cette assemblée. Les fonctions de sa charge et la publication de quelques ouvrages occupèrent cette dernière période de sa vie. Il mourut en 1622, dans la cinquante-cinquième année de son âge (1).

---

(1) Voir les notes à la suite, lettre E.

La mort de Savaron fit éclater un deuil général, et les honneurs funèbres qu'on lui rendit témoignent assez de l'immense considération qu'il s'était acquise par ses vertus, ses talents et ses longs services. Le clergé régulier et séculier, les laïques des cours et juridictions de la ville, toutes les confréries et corporations assistèrent à ses funérailles, dans le même ordre qu'aux processions générales. Le corps de cet homme célèbre fut d'abord exposé aux regards de ses concitoyens; puis, dit la relation où nous avons puisé ces détails (1), on lui *fit faire un grand tour dans l'enceinte de Clermont, et l'on n'entendait partout que les lamentations du peuple, accompagnées des prières ordinaires.* Arrivé à la cathédrale où il devait être inhumé dans le tombeau de ses ancêtres, l'oraison funèbre de l'illustre défunt fut prononcée au milieu d'un concours immense de fidèles dans le plus profond et le plus religieux recueillement. C'était un spectacle attendrissant que celui de ces hommes de tous états, de toutes conditions, se pressant autour du cercueil qui renfermait la dépouille de celui qui, pendant un demi-siècle, n'avait vécu que pour les aider de ses conseils, et les couvrir de sa protection. Ainsi, dit encore la relation que nous avons citée, le

(1) **Défense de Savaron contre l'égarement de M. l'abbé Faydit, par M. Guillaume Majour**, chanoine de l'église de Clermont.

peuple juif rendait les honneurs de la sépulture à Jonathas, l'un des princes Machabées, ce courageux défenseur des lois et de la patrie commune : « *Accepit* » *Simon ossa Jonathæ fratris sui, et sepelivit ea in* » *civitate patrum ejus, et planxerunt eum, omnis* » *Israël planctu magno, et luxerunt eum dies mul-* » *tos* (1). »

Savaron fut, sans contredit, l'un des plus illustres rejetons de l'Auvergne, et nous ratifions avec orgueil cet éloge d'un auteur son contemporain et son ami, si heureusement rappelé par M. Doniol (2). *Arvernorum et præses et decus.* Mais en rendant un solennel hommage au talent et au caractère de l'écrivain, du magistrat et de l'orateur, peut-être différerons-nous un peu avec M. Doniol dans quelques-unes de nos appréciations.

Et d'abord, nous ne saurions admettre comme une vérité ce qu'il dit, même avec toutes les restrictions qu'il y apporte ; « *que nul autre, à son époque,* » *n'exerça un empire plus étendu que Savaron, si* » *l'on envisage son objet et son résultat.* » Il est clair que ce jugement s'applique surtout au représentant du tiers. Eh bien ! nous craignons qu'ici le bon esprit du panégyriste de Savaron ne se soit un

_____

(1) Machabées, chap. 3.
(2) L'avocat-général Bignon, dans ses notes sur le chapitre 2 des Formules de Marculfe.

peu trop laissé entraîner par la préoccupation d'une thèse politique. Oui, sans doute, le député de Clermont aux Etats de 1614, eut de l'influence sur l'assemblée dont il était l'un des membres les plus courageux et les plus éloquents; mais cette influence à quoi aboutit-elle en définitive? La noblesse en fut-elle moins exigeante, le clergé moins ambitieux, la couronne plus disposée à faire droit aux doléancesdu peuple? Quelles sages mesures, quels bienfaits permanents sortirent de ces discussions plus ou moins irritantes auxquelles il prit une part très-honorable? Nous convenons que le tiers-état fit parfois acte de vigueur, et qu'il manifesta sa force dans ses luttes avec la noblesse et le clergé; mais le but qu'il se proposait alors avait-il quelque rapport avec celui qu'il atteignit plus tard dans une assemblée bien autrement célèbre, et au fond les écrits et les discours de Savaron demandaient-ils autre chose que la concentration du pouvoir absolu entre les mains du roi, au préjudice des deux ordres privilégiés? Nous croyons donc que M. Doniol a donné un peu trop d'importance à Savaron comme homme politique.

N'a-t-il point aussi exagéré sa valeur comme écrivain, et devons-nous adhérer à cette autre assertion que notre docte compatriote, *qui avait préparé le terrain où Domat et Pascal devaient naître et se développer, fut à la mesure de son siècle qui, plus grand, n'aurait pu le contenir?* Nous avouons, pour notre

compte, que s'il nous paraît assez difficile de reconnaître quelque ressemblance entre Domat, cette intelligence si nette, si méthodique, si analytique, et
Savaron, homme très-érudit, mais quelquefois obscur
et souvent assez diffus, il l'est bien davantage d'en
trouver entre notre auteur et Pascal ; Pascal, ce
génie effrayant, selon l'expression de Bossuet ; Pascal, ce penseur sublime dont le cerveau eut le monde
pour horizon ; Pascal, ce dialecticien si puissant par
l'argumentation, si original dans la pensée, si élégant
dans la forme, si délicatement spirituel, si agréable-
ment railleur, et Savaron, cet esprit plus imitateur
qu'inventeur, qui ne sut que bien rarement dégager
son opinion des liens dont ses études classiques et ses
ascétiques méditations l'avaient garrotté, et qui,
logicien grave et sérieux, se fit presque toujours une
loi de trancher les questions plutôt par l'autorité de
la raison d'autrui que par celle de sa propre raison.
Est-il vrai enfin que Savaron *fut à la mesure de son
siècle qui, s'il eût été plus grand, n'aurait pu le contenir?* Nous pensons encore qu'ainsi formulé, ce jugement ne saurait être accepté. Savaron fut certainement un écrivain d'un mérite éminent ; mais n'y eut-il
donc pas de son temps des hommes qui, *sans dépasser
la mesure du siècle,* lui furent supérieurs ; et sans
parler ici de Montaigne, Charron, Erasme, Bacon
et L'Hospital, ces grandes figures philosophiques ou
littéraires qui se dressent au frontispice du monu-

ment, ne serait-ce pas faire une trop large part à notre compatriote que de le mettre en parallèle avec Ramus, Cujas, Charles Dumoulin qui, eux aussi, appartiennent au seizième siècle?

Nous avons étudié Savaron dans ses œuvres et dans les actes de sa vie publique. Qu'il nous soit permis, à notre tour, de hasarder quelques réflexions sur ce personnage.

L'érudition est rarement un passeport pour la postérité. Si Montaigne, Rabelais, Erasme ou Machiavel n'eussent été que des érudits, il est à croire que leurs noms n'auraient point obtenu cette popularité qui s'est attachée à eux. Le dix-septième siècle qui dut, en grande partie, son lustre à celui qui le précéda, fut, je crois, son plus rude antagoniste. Il se fit alors une sorte de réaction dans les idées. L'érudition ne fut point proscrite à la vérité, mais elle ne fut acceptée que sous le patronage du bon goût. Les savants de l'âge précédent commencèrent, dès ce moment, à paraître quelque peu ridicules. Bientôt l'on ne vit en eux que de froids et stériles compilateurs, polémistes ennuyeux, *gens hérissés de savantes fadaises*, et que Voltaire devait un jour signaler aux sifflets, sous les noms de *Saumaise ou de Dacier*. Il y avait, dans tout cela, injustice et ingratitude. Car ces hommes, ainsi dépréciés, furent les plus infatigables ouvriers de l'édifice que la France devait présenter avec un juste orgueil à l'admiration du monde.

Savaron appartient à cette famille d'explorateurs opiniâtres des temps passés qui ne remuaient de vieilles poussières que pour y trouver des éléments de transformation sociale. Comme eux, il pensa que la société dont il était membre, devait se régénérer au contact de l'antique civilisation; comme eux il crut aussi que l'étude de l'histoire et des lettres anciennes était le moyen le plus sûr d'atteindre ce but. Tous ses écrits, et par la forme du langage, et par le fond des idées, font foi de cette conviction; mais à côté de ce culte pour l'antiquité grecque et romaine, il en est un autre qui exerça sur lui une influence toute aussi puissante. Savaron, magistrat religieux et qui avait vécu au milieu des controverses suscitées par la réforme, s'était livré avec ardeur aux études théologiques. Les saintes Ecritures, les Pères de l'Eglise, les décisions des conciles et tout ce qui, généralement, constituait le droit canon, lui était familier. Cela explique ce mélange de citations bibliques et profanes que l'on rencontre à chaque ligne dans ses œuvres, et qui en rendent souvent la lecture fatigante. Mais tel était le goût de l'époque. Montaigne lui-même, ce génie si original, si indépendant, si prime-sautier, paya son tribut à la mode; malheureusement, chez Savaron, ce défaut n'est point assez racheté par les qualités qui distinguent le philosophe Périgourdin. Dans Savaron, les citations obscurcissent parfois la pensée; dans Montaigne, elles sont comme le coup

de balancier qui fait saillir l'image. C'est beaucoup
sans doute que d'exposer sóus le cautionnement de
grands noms des idées justes, des considérations utiles,
mais ce n'est point assez. Pour qu'un livre obtienne
une célébrité qui dépasse la tombe, il faut que quelque
chose de la substance de l'auteur y soit déposé; il
faut que sa personnalité s'y déteigne; que son *moi*
s'y imprime en relief. L'érudition, ce réservoir des
idées d'autrui, porte souvent l'esprit à la paresse, et
la paresse engendre l'atonie. Il en est de l'homme
qui n'est qu'érudit, comme de ce maître qui a à sa
disposition une multitude de serviteurs fonctionnant
pour lui : l'habitude de se faire servir fait perdre in-
sensiblement à ses organes cette délicatesse, cette
acuité dont ils étaient originairement doués. Savaron
compte trop sur ses aides-de-camp, et trop peu sur
ses propres ressources. De même que la plupart de
ses contemporains, il ne se reflète pas assez dans ses
productions.

Les écrits de cet auteur portent, comme nous l'a-
vons fait remarquer, le cachet de cet esprit religieux
qui caractérise le siècle où il vivait; mais cet esprit se
montre trop souvent enclin à accueillir les plus étranges
superstitions. Pourtant Savaron regardait la superstition comme l'un des plus redoutables ennemis de la
religion. Ecoutez ce qu'il en dit dans son *Traité des
Confréries*. « C'est un lierre qui étreint l'arbre pour
» l'étouffer, pareil à ces voleurs égyptiens, nommés

» *Philotas*, qui accolent pour étrangler. » Et il n'y avait là qu'une apparente contradiction. Savaron était surtout bon catholique, et il ne pensait point faire acte de superstition en adoptant, comme vérités, les récits les plus incroyables attestés par certaines autorités.

Cependant ce magistrat, d'une foi si sincère, eut à lutter avec les puissances ecclésiastiques : c'est que, chez lui, les convictions religieuses ne dominaient point les devoirs du citoyen. Le député aux Etats de 1614 ne croyait pas se séparer de l'Eglise en disant, par exemple, *que l'épée française avait rabattu les coups du glaive spirituel*, car il ne faisait, par cette métaphore, qu'exprimer le principe des libertés de l'Eglise gallicane.

Tel fut Savaron : homme de son temps et de son pays, hâtons-nous de dire qu'il est, avant tout, celui de sa province et de la ville qui le vit naître. Ecrivain, magistrat, orateur politique, cet amour du sol natal se retrouve dans tous ses actes. C'est Clermont qui obtient les prémices de sa plume ; Clermont qui lui inspire son principal écrit, celui où il répand avec le plus de profusion, les trésors de sa vaste érudition. Aux. Etats généraux, c'est surtout l'Auvergne qui le préoccupe ; c'est elle qu'il défend de sa parole jusque dans de misérables questions de préséance : et si, à cet endroit, quelque chose semble affaiblir son zèle, c'est lorsque l'intérêt de Clermont se trouve en conflit avec

celui de quelque autre localité de la province. Savaron
est comme le grand poëte de l'antiquité : quoi qu'il
fasse, il se rappelle sans cesse cet Argos où s'écoula
sa jeunesse.

Et dulces moriens reminiscitur Argos.

L'Auvergne et Clermont sont pour lui ce que furent
pour le peuple de Dieu, Jérusalem et le mont Sinaï.
Banni de son pays, lui aussi eût suspendu sa lyre aux
saules de la rive étrangère ; ou s'il l'en eût détachée,
ce n'eût été que pour lui demander cet hymne du
pauvre exilé, ce cantique d'une pieuse et sublime ré-
signation que l'Hébreu captif soupirait aux bords du
fleuve de Babylone.

Auvergnats par leur naissance, Pascal et L'Hospital n'ont aucun de ces traits qui accusent une race et
révèlent une origine. L'un appartient au monde par
son génie, l'autre à la France par ses services, son
courage et la grandeur de ses desseins. Le caractère
de Savaron, ses habitudes, ses instincts, la tournure
de son esprit, j'allais dire son accent ; car en le
lisant, je crois presque l'entendre : tout en lui dénonce
l'enfant de l'Auvergne, tranchons le mot, le bour-
geois de Clermont. Si Savaron eût vécu de nos jours,
il eût, sans doute, été maire et député de sa ville natale ; quant à L'Hospital, je pense qu'il eût été trouvé
digne de porter la pourpre de chancelier. Ce que serait
Pascal, qui pourrait le dire ? Dans notre société cons-

titutionnelle, il y a plus de place pour le talent que
pour le génie. Cette royauté de l'intelligence est
comme bien d'autres ; on ne l'accepte qu'à la condition qu'elle abdiquera une partie de sa puissance.
L'homme qui, avec des *barres et des ronds*, devina,
à l'âge de quatorze ans, la géométrie d'Euclyde, oc-
cuperait peut-être un rang distingué au bureau des
longitudes ou dans une administration de chemin de
fer, à moins que, mieux inspiré, le roi n'eût voulu
faire un ministre des cultes de l'auteur des *Lettres
provinciales*.

Là se terminent mes études sur Savaron. En en-
tretenant l'Académie de cet homme de science et de
cœur, il m'a semblé que j'acquittais une dette du pays.
Plus de deux cents ans ont passé sur la tombe de l'auteur des Origines de Clermont, et de son représentant aux Etats généraux de 1614 : un très-petit
nombre de personnes ont lu ses écrits dont les formes
ont vieilli, et dont les sujets surtout ont peu de rap-
ports avec les matières qui, aujourd'hui, alimentent
la polémique, ou entretiennent la curiosité de cette
classe de critiques et de lecteurs qui tressent les couronnes littéraires, ou dispensent les palmes oratoires.
Et pourtant, chez nous du moins, Savaron n'est point
entièrement tombé en oubli : quelques lettres de ce
nom jadis si populaire, se lisent encore à travers cette
mousse séculaire qui, à la longue, recouvre les plus
grands noms. Serait-ce que Savaron aurait eu le pri-

vilége de ce respect traditionnel qui s'attache à certains écrivains dont on aime mieux accepter le mérite sans les lire, que le contester après les avoir lus : ou ne serait-ce pas plutôt que, dans notre Auvergne, les souvenirs qui retracent le cœur, ont plus de racines que ceux qui rappellent les productions de l'esprit, et que l'admiration pour les œuvres de l'intelligence s'épuise plus vite que la reconnaissance pour les actes d'une vie toute de dévouement et de patriotisme ?

NOTES ET ÉCLAIRCISSEMENTS.

Note A.

M. le chanoine Majour, qui écrivait, au commencement du xviiie siècle, une défense de Savaron, attaqué à cause d'une opinion émise sur le lieu de la naissance et de la sépulture de saint Amable, crut devoir rechercher à quelle époque le nom de Clermont fut substitué à celui d'Arverne. Nous pensons qu'il n'est pas sans intérêt de rappeler ici quelques-uns des documents colligés par cet écrivain.

L'on sait que le magnifique temple de Vasso, dédié au dieu Mars, avait été construit sur l'emplacement où s'élève notre belle Cathédrale. Après la destruction de ce temple, saint Austremoine, ce prélat qui convertit l'Auvergne païenne à la foi catholique, érigea une chapelle sur ce monticule. Placée sous le patronage d'un tel fondateur, cette chapelle acquit un si grand renom de piété, que Thierry, l'un des fils de Clovis, voulut la visiter. Il assista en personne à l'une des cérémonies religieuses que l'on y célébrait, et il conçut une si haute opinion des ecclésiastiques qui officiaient, qu'il résolut de s'en attacher quelques-uns pour en doter la ville de Trèves, lieu de sa résidence ordinaire.

Il est assez probable que le clergé consacré au service de cette église était réuni dans un cloître situé à sa proximité. Ce cloître était-il entouré de murailles? Cela est encore vraisemblable. L'on comprend dès lors la dénomination de Clermont, *Cleri-Mons*, *Clericorum-Mons*, la Montagne des Clercs, donnée à ce point culminant. Aujourd'hui quelque chose est resté de cette antique origine. Le quartier de la Cathédrale, qui est évidemment la Montagne aux Clercs de M. l'abbé Majour, est encore appelée *Quartier de Clermont* ou *de devant Clermont*.

Ces probabilités semblent fortifiées par quelques faits que nous trouvons dans l'ouvrage dont nous présentons l'analyse.

Selon M. Majour, dans des temps même assez rapprochés de nous, le monticule où l'on suppose qu'était originairement construit le cloître aux Clercs, appartenait au clergé de la Cathédrale. Une bulle donnée à Avignon, au mois de septembre 1362, par le pape Urbain V, qui avait été grand-vicaire et official de Clermont, en attribue la propriété aux clercs ou chanoines de cette église ; et ces derniers étaient tellement jaloux de leurs droits sur ce local, que les collégiales du Port, de Saint-Genès, de Saint-Pierre, ainsi que les couvents des Jacobins, des Carmes et des Cordeliers, étaient obligés de leur demander la permission d'y passer en corps pour leurs processions et leurs enterrements. Il en était de même des chanoines, choristes ou autres ecclésiastiques de ces collégiales, s'ils voulaient traverser cette enceinte en habit canonial. M. l'abbé Majour affirme avoir vu sur les registres du chapitre un grand nombre de ces sortes d'autorisations. Il parle aussi d'un conflit qui s'éleva à ce sujet entre messire Jacques de Combort, évêque et seigneur temporel de la ville de Clermont, et les chanoines du chapitre. Ce prélat, ayant voulu faire exécuter une sentence criminelle sur la grande place appelée de Clermont, crut pouvoir s'affranchir de l'obligation d'en demander la permission au chapitre. Mais celui-ci s'y opposa énergiquement, et il paraît que l'exécution n'eut pas lieu sur ce point. Le fait est rapporté dans une conclusion capitulaire du 15 mars 1510.

Cet usage, on le pense bien, dut se perdre par la tolérance, ou peut-être par quelque transaction; car depuis le XVIᵉ siècle, l'on ne retrouve aucune trace de ces permissions données par les chanoines de la Cathédrale.

Tout cela prouve, au sentiment de M. l'abbé Majour, que le monticule appelé, dans des temps reculés, *Clermont*, ou Montagne des Clercs, était la propriété du chapitre. Mais cela ne fait point connaître l'époque à laquelle cette partie de la cité a imposé son nom à toute la ville.

Sur cette question, M. Majour ne peut présenter que des conjectures. Toutefois, selon cet auteur, il y a lieu de croire que ce changement de nom se réfère au siége et à la prise du cloître aux Clercs par le roi Pepin, en l'année 761. Cet événement est ainsi raconté par les chroniqueurs.

Gaiffre, duc d'Aquitaine, avait levé l'étendard de la révolte contre le roi Pepin. Il commettait toutes sortes d'exactions, principalement sur les biens des ecclésiastiques, dont il s'emparait à force ouverte. Ce seigneur avait pour auxiliaire le gouverneur de la province d'Auvergne, nommé Blandin. Poursuivi avec vigueur par les troupes de son souverain, ce sujet rebelle se réfugia dans le *château de Clermont*; mais cette forteresse tomba au pouvoir du pieux monarque. Blandin fut fait prisonnier et conduit enchaîné à son vainqueur. Un grand nombre de Gascons périt dans cet assaut. Le château fut incendié; la ville fut prise, et toute la province livrée à la dévastation. Tel est, à peu près, le récit du

continuateur de la chronique de Frédegaire, et ce récit
s'accorde parfaitement avec la chronologie de Mézeray,
qui, dans l'histoire de Pepin, affirme que notre ville fut
prise et brûlée par l'armée de ce roi, en l'année 761.

Mais ici se présente une difficulté. Le continuateur
de la chronique de Frédegaire parle du siége et de la
prise du château de Clermont, *Claromontem castrum
captum*, et non point du cloître de Clermont. Si ce do-
cument est exact, il faudrait en conclure que le som-
met de la montagne était couronné par un château ;
alors l'étymologie donnée par M. l'abbé Majour se trou-
verait un peu compromise.

Il n'y a rien pourtant au fond qui infirme cette étymologie. Et d'abord ne serait-il pas possible que le
texte de la chronique ait été altéré, et qu'au mot *claus-
trum* (cloître) l'on ait substitué celui de *castrum* (château); et ici la nature des choses semble permettre cette
conjecture ; car, comme il s'agissait d'un siége, l'on
pouvait supposer qu'il avait été dirigé contre un château
plutôt que contre un cloître ecclésiastique. Mais pourquoi voudrait-on que le château de Clermont fût nécessairement placé sur le monticule ? La chronique ne
dit rien qui puisse autoriser cette hypothèse. D'après
M. Majour, outre le Cloître aux Clercs, il existait encore un château *situé dans un lieu plus bas de la ville*,
et le savant chanoine indique l'emplacement de ce château. « On lui a fait voir, dit-il, dans de grands cuva-
» ges, aux environs de l'église de Saint-Pierre, du côté
» de l'Orient, plusieurs arcades de grosses pierres de
» taille, plusieurs grandes voûtes très-bien pratiquées,
» quelques restes de murailles très-épaisses et très-an-
» ciennes qui marquent évidemment que ce n'était pas
» des bâtiments ou maisons de particuliers, et que le

» château de la ville avait été autrefois bâti en cet en-
» droit, suivant une tradition du peuple qui y habite.
» On lui a encore fait voir, dans une grande cour, du
» côté de l'Occident, le lieu où étaient les prisons de
» ce château. »

Toute cette controverse nous semble avoir le grand
inconvénient de laisser dans l'obscurité le point à éclair-
cir. Qu'importe, en effet, que le monticule fût couronné
par un cloître ou par un château au temps de Pepin ?
Cela ne jette aucun jour sur la question de savoir si ce
fut sous le règne de ce monarque ou postérieurement,
que la capitale de l'Auvergne échangea son ancien nom
contre celui qu'elle porte aujourd'hui.

Selon nous, le passage du continuateur anonyme de
Frédegaire prouve précisément le contraire de ce qu'on
veut lui faire prouver. Voici le texte et la traduction
de ce passage :

« *Maximam partem Aquitaniæ vastans (Pepinus)*
» *usque* urbem Arvernam *cum omni exercitu veniens,*
» Claromontem castrum captum, *atque succensum,*
» *bellando cepit.* »

« Pepin s'avança avec toute son armée jusque sous
» les murs de la ville d'Arverne ; il s'empara du châ-
» teau de Clermont, et l'incendia. Puis il soumit par
» la force des armes la plus grande partie de l'Aqui-
» taine, qu'il avait dévastée. »

Ce texte fait voir que sous le roi Pepin la capitale de
l'Auvergne portait encore le nom d'Arverne, puisque
l'auteur distingue la ville *urbem Arvernam* du château *castrum Claromontem.* Ce n'est donc point à cette
époque que la substitution a eu lieu.

Serait-ce dans le IXe siècle, comme l'ont avancé Loup
de Ferrières et Guillaume de Tyr ? La chose paraît en-

core peu probable, puisqu'on retrouve la ville d'Arverne. *urbs Arverna*, servant de siége vers la fin du
onzième siècle (1095), au fameux concile où fut décré-
tée la première croisade.

Que le cloître ou le château ait imposé son nom à la
ville, cela n'est pas douteux ; mais que ce fait remonte
à la prise et à la destruction de l'un ou de l'autre, nous
ne saurions l'admettre. Nous aimons mieux supposer,
avec Châteaubriand, « que les habitants de la ville basse
» ou de la ville romaine, fatigués d'être sans cesse rava-
» gés dans une ville ouverte, se retirèrent peu à peu
» sous la protection du château *(ou du cloître, qui,*
» *sans doute, avait été reconstruit),* et qu'une nouvelle
» ville, du nom de Clermont, s'éleva dans l'endroit où
» elle est aujourd'hui (1). » Mais là s'arrête notre supposition, et nous rejetons la seconde partie de l'hypothèse de l'illustre écrivain, d'après laquelle le changement de nom se serait opéré vers le milieu du VIII\ siècle, c'est-à-dire à l'époque du siége et de l'incendie du
château. Il nous semble, en effet, bien difficile de comprendre comment la ville aurait pris le nom du château
ou du cloître précisément au moment où les torches
incendiaires du roi Pepin les réduisaient en cendres.

Note B.

La publication de ce manuscrit, qui eut lieu en 1607,
suscita à Savaron une étrange querelle quatre-vingts
ans environ après sa mort.

Obéissant à cet entraînement patriotique pour sa ville
natale, dont il avait, en toutes circonstances, donné les

(1) Châteaubriand, Voyage à Clermont.

preuves les plus éclatantes, l'auteur de cette publication avait eu le courage d'affirmer que saint Amable était originaire de Clermont, qu'il y était mort, et que ses restes, transférés à Riom plusieurs siècles après son décès, avaient longtemps reposé dans la capitale des Arvernes, et dans un tombeau qui existait encore en l'année 950.

Cette affirmation était fondée sur deux textes dont l'authenticité ne pouvait être révoquée en doute.

Le premier était extrait de Grégoire de Tours, le second du manuscrit édité par Savaron.

Le passage de Grégoire de Tours est curieux ; nous en donnons la traduction littérale (1) :

« Il y eut, en la ville d'*Arverne,* un personnage d'une
» piété édifiante : on le nommait *Amable,* il était prêtre
» dans le *village de Riom.* Doué des plus éminentes
» vertus, l'on assure qu'il commandait aux serpents.
» Un jour, le duc Victorius dédaigna, avec une affec-
» tation despectueuse, de prier sur son tombeau ; mais

---

(1) Texte de Grégoire de Tours : *In gloriâ beatorum Confessorum, caput* xxxiii.

« Fuit in supradictà Arvernâ urbe admirabilis sanctitatis,
» *Amabilis* quidam, vici Ricomagensis presbyter, qui virtutibus
» magnis præcellens sæpè serpentibus dicitur imperasse. Nam
» ad hujus tumulum cum dux Victorius despexisset orare, ad-
» fixo è regione equo, nequaquam poterat amovere. Quem cum
» flagris, stimulisque urgeret, et ille, quasi æneus, staret im-
» mobilis, tandem aliquando dux à suis commonitus, qui, ut ità
» dicam, ipsi pecudi similis erat factus, ad orationem descendit,
» cumque fideliter orasset, quò voluit, ivit. Ad hujus sepulcrum
» energumenum vidi mundatum, perjurantem diriguisse ut
» ferrum, crimen confessum, illicò absolutum. »

» il arriva que le cheval sur lequel il était monté resta
» en quelque sorte cloué sur place. Vainement Victo-
» rius fit usage de l'éperon et du bâton pour le faire
» avancer, il était immobile comme s'il eût été de
» bronze. Cependant le duc, qui était pour ainsi dire
» devenu semblable à son cheval, fut invité par ceux
» qui l'accompagnaient à faire avec ferveur sa prière
» à saint Amable; et après qu'il l'eut faite, l'animal se
» mit à marcher et le conduisit où il voulut. J'ai été
» témoin à son sépulcre de la délivrance d'un possédé,
» et j'ai vu aussi un parjure devenu raide comme une
» barre de fer, recouvrer la liberté de ses membres,
» après avoir confessé son crime. »

Voilà le texte de Grégoire de Tours. L'on en conclut
que Clermont qui, dans les anciens auteurs, est souvent
désigné sous le nom d'Arverne, *urbs Arverna*, était le
berceau de saint Amable, et que ses dépouilles mor-
telles furent déposées dans cette ville.

Le manuscrit de saint Alyre ne parle point du lieu
de la naissance de saint Amable; mais il confirme Grégoire de Tours sur celui de son ensevelissement. « *In*
» *ecclesiâ sancti Hylarii, altare sancti Hylarii, ubi*
» *sanctus Amabilis in corpore quiescit :* Dans l'église
» de saint Hilaire, sous l'autel dédié à ce saint, où re-
» pose le corps de saint Amable. »

L'église de saint Hilaire existait à Clermont au temps
de l'auteur du manuscrit; plus tard elle fut dédiée à
sainte Magdeleine du Bois-de-Cros.

A cette double autorité, il faut ajouter celle du mar-
tyrologe de France, par M. André Dusaussay, évêque
de Toul, qui s'explique en ces termes sur la translation
à Riom des restes de saint Amable : « 18 *octobris Rico-*
» *magi translatio sancti Amabilis confessoris. Quando*

» *sancti Hylarii basilicâ Arvernis urbis, ubi primùm*
» *tumulus fuerat, Ricomagenses ut suum asserentes, in*
» *sancti Benigni ecclesiâ apud se reposuerunt.* »

Cet événement remonte, dit-on, en l'année 1127.
Or, le corps de saint Amable aurait reposé à Clermont
pendant 652 ans, puisque la mort de ce saint confesseur
aurait eu lieu en 475, selon Grégoire de Tours.

L'assertion de Savaron sur un fait aussi important,
qui avait passé inaperçu pendant son vivant, fut rele-
vée par un chanoine de Riom, du nom de Chevalier,
près de quatre-vingts ans après la mort de l'illustre
auteur des Origines de Clermont, et dans un pamphlet
de M. l'abbé Faydit, publié à peu près à la même époque. Mais Savaron trouva un habile défenseur dans
M. l'abbé Majour, chanoine de Clermont, qui sur cette
question fit paraître un mémoire ayant pour titre : *Défense sur Savaron*, où il s'attacha à établir que les
deux avocats de Riom avaient altéré ou faussement in-
terprété des textes pour réfuter l'opinion du magistrat
clermontois.

Ainsi, Grégoire de Tours avait dit : « *Fuit in Ar-*
» *verná urbe admirabilis sanctitatis Amabilis quidam,*
» *vici Ricomagensis presbyter.* » Cette phrase est ainsi
traduite par le chanoine Chevalier : « Il y avait en *Au-*
» *vergne* un prêtre nommé Amable, *pasteur de la ville*
» *de Riom,* etc. » Traduction qui confond avec mauvaise foi le nom de la province et celui de la capitale,
et fait une ville d'un simple village.

Ce n'était point assez que d'avoir mal traduit le passage de Grégoire de Tours, il fallait encore le dénatu-
rer. On avait fait imprimer, en 1688, un livre intitulé :
La vie et les miracles de saint Amable; et l'auteur de
ce livre, citant Grégoire de Tours, ne se contente pas

de donner vaguement au saint confesseur l'Auvergne pour berceau, ce qui laissait la question indécise entre les deux villes ; il affirme, toujours en se fondant sur le fameux texte du savant évêque, que saint Amable était originaire de Riom, ville principale de l'Auvergne, élevant ainsi, par une falsification évidente, le modeste village de Riom, *vicus Ricomagensis*, à la dignité de capitale de la province.

L'on comprend que tout cela était fort grave, et que le chanoine Majour n'avait rien de mieux à faire que de passer six mois de sa vie à élucider dans un volume de plus de deux cents pages un fait historique de cette importance.

Du reste, M. l'abbé Faydit, qui s'était montré l'un des plus ardents adversaires de l'opinion émise par Savaron, avoua plus tard qu'il avait été induit en erreur, et confessa que le texte de Grégoire de Tours et le manuscrit de saint Alyre donnaient complétement raison à l'éditeur de ce manuscrit. La rétractation de cet écrivain parut en 1707.

Tel fut le procès fait à la mémoire de Savaron. Qui avait raison du chanoine Majour ou du chanoine Chevalier ? Question délicate, sur laquelle je me garderai bien d'émettre un avis. L'autorité de Grégoire de Tours est, sans doute, un puissant argument en faveur de Clermont ; mais on sait que cet évêque ne vérifiait pas toujours très-scrupuleusement les faits qu'il consignait dans ses écrits. D'ailleurs, en admettant, avec cet écrivain, qu'un homme d'une piété édifiante, *du nom d'Amable, ait habité Clermont,* est-il exact d'affirmer que ces mots *fuit in urbe Arverná,* soient pour ce saint un certificat d'origine ? Cette phrase n'indique-t-elle pas aussi bien la résidence accidentelle que le ber-

ceau de saint Amable? Pasteur de l'une des églises de
Riom, saint Amable était aussi chantre à Clermont. Or,
ne serait-il pas possible que la mort de ce prêtre fût
arrivée dans cette dernière ville pendant l'un des sé-
jours qu'il devait nécessairement y faire pour remplir
les devoirs de sa charge? Cette supposition n'a rien que
de très-vraisemblable; si elle est acceptée, pourquoi
ne pas admettre aussi que ses restes furent ensevelis
dans une des églises de Clermont; et remarquons ici
que celle que l'on dit en avoir reçu le dépôt (Sainte-
Magdeleine-du-Bois-de-Cros) était la propriété de messieurs du chapitre de Riom. Que plus tard les reliques
de saint Amable aient été transférées à Riom, cette
translation s'explique tout naturellement. Si ce grand
saint n'appartenait pas à cette ville par sa naissance, ce
que je ne me permettrai pas d'affirmer, il est au moins
certain qu'il lui appartenait par les fonctions pastorales
qu'il y avait exercées, et surtout par ses bonnes œuvres et le souvenir de ses vertus. L'on comprend alors
de quel prix ces saintes dépouilles devaient être pour
la ville de Riom.

Note C.

Le duel judiciaire est d'origine plus ancienne que la
loi salique et la loi Gombette.

Ducange, au mot *duellum,* prétend, d'après l'historien Paterculus, que cette procédure singulière était
usitée chez les peuples septentrionaux. Lorsque les
Ombriens avaient procès entre eux, ils les vidaient les
armes à la main, et ceux qui tuaient leurs adversaires
étaient réputés avoir raison.

Umbrici cum controversias inter se habebant pugna-
bant armati sicut in bello; et qui suos adversarios in-

teremerant , justiorem causam habuisse videbantur.

Ducange ajoute que cet usage du duel judiciaire fut surtout en vigueur sous le roi Gondebaud, qui, comme on le sait, avait usurpé la Bourgogne.

« *Sed præsertim id invaluit ex quo Gundelbadus*
» *Burgundorum rex in legibus suis, titulo* 45, *statuit*
» *ut si pars ejus cui oblatum fuerit jusjurandum no-*
» *luerit sacramenta suscipere, sed adversarium suum*
» *veritatis armis fiduciâ dixerit posse convinci, et*
» *pars diversa non cesserit, pugnandi licentia non*
» *negaretur.* »

Les monuments historiques les plus curieux sur cette matière sont les Assises de Jérusalem, les Etablissements de saint Louis, et l'Edit de 1306, rendu sous Philippe-le-Bel.

Les Assises de Jérusalem donnaient au seigneur justicier le droit de permettre le duel et d'en régler les conditions. Le combat devait avoir lieu dans les quarante jours de la réception du gage qui était déposé entre les mains du seigneur. *Gagiis receptis ac obsidibus datis, dies pugnæ ad quadragesimum indicebatur à domino vel judice* (Assises de Jérusalem).

« De toutes manières de bataille que de meurtre
» ou d'*omecide*, on a quarante jours de répit, puis-
» que les gages sont donnés, et au quarantième jour,
» entre prime et tierce, se doivent les champions venir
» pour offrir en l'hostel dou segnor, l'*apeleor* avant, le
» *defendeor* après, et le segnor doit le gage recevoir et
» assener le jour de bataille au quarantième jour, si
» ce n'est d'*omecide*, en quoi il n'i a que trois jours de
» respit de bataille. »

Avant le combat, les champions juraient sur la sainte Croix, les saintes reliques et l'Evangile. Ce serment

était reçu en présence des ministres de l'Eglise. « *Co-*
» *ram sacerdotibus et ecclesiæ ministeriis.* »

Si les plaideurs combattaient à pied, leurs armes
étaient l'écu et le glaive : s'ils combattaient à cheval,
ils étaient armés de la lance, de deux épées et de l'écu.
Du reste, la loi indique, avec de grands détails, le costume des champions et les moyens qu'ils pouvaient
employer pour se garantir contre les chances funestes
du duel. « Ainsi, chaque combattant *pourra mettre de-*
» *vant son ventre une contrecurée de tèle ou de coton,*
» *ou de bourre de sec tèle, et si fort qu'il le vodra.* »

Cette procédure juridique, qui rendait si facile l'office de juge, n'était pourtant point à l'usage de tous
les plaideurs ; les mineurs de 21 ans, les sexagénaires,
les malades et les infirmes, étaient affranchis de la loi
du duel, et ne pouvaient recourir au jugement de Dieu,
ce qui était fort raisonnable, quoique contradictoire
avec le principe de la loi.

Quant aux femmes, il leur était interdit de combattre
en personne, mais elles pouvaient se faire représenter
par un mandataire de l'autre sexe. Cependant, si elles
étaient mariées, le mandat, pour être valable, avait besoin de la ratification du mari.

Les prêtres, les clercs, les moines, ne pouvaient descendre dans la lice ; mais ils avaient la faculté de fournir des champions pour s'égorger en leur nom.

Les peines contre le plaideur malheureux étaient
aussi simples que la procédure était sommaire. Celui qui
succombait, subissait, selon la nature du litige, la pen-
daison, la mutilation ou le changement d'état. « *Duello*
» *succumbentiens,* disent les Etablissements de saint
» Louis, *pœna fuit ultimum supplicium, suspendium,*
» *capitis diminutio, vel certi membri debilitatio, pro*

» *criminis qualitate uti disserte produnt stabilimenta*
» *sancti Ludovici.* »

Telle était la législation du duel sous les prédéces-
seurs du saint roi Louis, législation dont le bon esprit
et le cœur religieux du pieux monarque, devaient lui
faire comprendre la barbare absurdité. Aussi, cette législation fut-elle abrogée sous son règne (édit de 1260),
mais seulement dans ses terres, le principe du gouver-
nement féodal ne permettant pas d'étendre l'abroga-
tion au-delà de ces limites. Ainsi, le duel judiciaire
continua de subsister dans les domaines des vassaux
de ce prince.

Louis-le-Jeune ne maintint point les généreuses prohibitions de son père ; car il permit le duel pour toute
contestation dont la valeur excéderait cinq sols de ce
temps, *quinque solidos.*

Enfin, Philippe-le-Bel publia le code complet du duel
judiciaire ; c'est le célèbre édit de 1306, dont toutes les
dispositions sont rapportées dans Ducange.

Note D.

Quelques personnes ont pensé, sur la foi de Moreri,
que Me Jean Lecoq n'est autre que le célèbre cardinal
César Baronius, qui s'était caché sous le manteau d'un
pseudonyme pour avoir occasion de réfuter, sans com-
promettre sa haute dignité, l'ouvrage de Savaron. Cette
supposition n'a aucun fondement. Le Traité sur la souveraineté du roi et de son royaume fut publié pendant
la tenue des Etats généraux, c'est-à-dire en 1614, et le
cardinal Baronius était décédé le 30 juin 1607.

Mais un fait pouvait donner quelque apparence de
vérité à cette assertion. Ce fait, qui appartient à la vie
littéraire de Savaron, mérite d'être rapporté.

La publication des œuvres de Sidoine Apollinaire,
que Savaron avait accompagnées de savants commentaires, donna lieu à de vives controverses. Le cardinal
Baronius prit parti contre le commentateur, et engagea
avec lui une polémique qui quelquefois dégénéra en
personnalités. Ainsi, le grave prélat ne craignit pas de
jouer sur le nom de Savaron, qu'il appelle *Senza-Vero*,
mauvais concetti italien, servant à désigner un homme
ennemi de la vérité. Cette injurieuse appellation, si
éloignée de la charité chrétienne, devait paraître d'autant plus extraordinaire sous la plume de l'auteur des
Annales ecclésiastiques, que lui-même avait la réputation de tomber assez souvent dans le péché qu'il reprochait à son adversaire. Savaron ne voulut pas être en
reste de gracieusetés avec le cardinal César Baronius :
Cesar, respice pòst te.... lui dit-il, *hominem memento
te.... humanum est errare....* Puis il fit aussi un jeu de
mots sur le nom patronimique de Son Eminence, et
cette fois ce fut Cicéron qui le lui inspira : *Errores autem
non agnoscere, Bruti, Bardi, Baronis est.* Le mot *Baro*,
dans l'orateur romain, signifie un homme lourd, pesant,
stupide. Comme on le voit, le magistrat et le cardinal
pouvaient se donner mutuellement quittance ; la citation cicéronienne valait le calembour italien. Cependant, le cardinal, quelque temps avant sa mort, crut
devoir faire amende honorable au magistrat, et il députa de Rome un père capucin, qui se rendit à Clermont
de sa part, pour témoigner à Savaron son chagrin ex-
trême sur ce qui s'était passé entr'eux au sujet de leurs
ouvrages. L'on pense bien que Savaron fit à l'ambas-
sadeur d'un si généreux adversaire le plus gracieux
accueil, et qu'il dut le charger de lui exprimer tout le
regret qu'il éprouvait d'avoir rendu Cicéron complice

d'une mauvaise plaisanterie sur le nom et la personne d'un écrivain aussi éminent que le cardinal Baronius.

L'on trouve tous ces détails dans les notes de Savaron sur Sidoine Apollinaire.

Note E.

Moreri, qui, dans son dictionnaire universel, imprimé à Paris en 1704, a consacré un article à Savaron, raconte que cet homme célèbre mourut pour s'être échauffé en faisant publiquement l'éloge du baron de Canillac, sénéchal de Clermont, mort d'une maladie qu'il avait contractée au siège de Montauban.

Il raconte également qu'après la dissolution des Etats généraux, où son courage et son éloquence éclatèrent avec tant de distinction, il vint plaider une affaire au Parlement de Paris, pour les droits honorifiques des magistrats de son présidial, droit que le chapitre cathédral ne voulait accorder qu'à lui seul, et en sa qualité de président; et qu'il le fit d'une manière si remarquable, que le président de Verdun, ayant entendu sonner dix heures, au milieu de sa plaidoirie, se leva et demanda à sa compagnie si elle n'était pas d'avis qu'il achevât, ce qui lui fut permis; honneur qui n'avait jamais été accordé qu'aux gens du roi.

Clermont, Imp. de THIBAUD-LANDRIOT frères.